LES FOLIES
DE CARDENIO.

TRAGI-COMEDIE.

DÉDIEE A MONSIEVR
DE SAINCT SIMON.

Par le Sieur PICHOV.

A PARIS,

Chez FRANÇOIS TARGA, au premier
Pilier de la grand' Sale du Palais,
deuant les Consultations.

M. DC. XXX.

Auec Priuilege du Roy.

A MONSIEVR

MONSIEVR DE SAINCT
SIMON, PREMIER ESCVYER
du Roy, & premier Gentilhomme
de ſa Chambre, grand Louuetier
de France, & Capitaine de Sainct
Germain en Laye.

ONSIEVR,

Ie n'ay pas aſſez de
vanité pour preſumer
que cet ouurage que ie
vous preſente, ſoit digne que vous
le receuiez: Mais i'ay bien aſſez
de iugement pour reconnoiſtre que

ã ij

mon choix est legitime, & que personne au môde ne le pouuoit mieux
meriter que vous. Tous ceux qui
sçauent vostre naissance, & qui
connoissent vos bonnes qualitez,
mettent l'honneur que vous auez
d'estre aimé du Roy, dans le nombre de ses plus iustes actions. Et cer-
tes ce que pour tout autre on ap-
pelleroit fortune, est pour vous
vne reconnoissance que tous les
hommes doiuent à la vertu. Ce
grand Monarque qui dône des loix
à toute la France, & qui merite
de les imposer à tout l'Vniuers, nous
prescrit dans les faueurs qu'il vous
fait vne secrette necessité de vous
considerer par dessus les autres
hommes. Mais elle n'est pas plus
puissante sur moy, que l'inclina-

tion que i'ay touſiours euë de vous
teſmoigner,

MONSIEVR,

que ie ſuis

à Paris ce 13.
Septemb. 1629.

Voſtre tres-humble
& tres-obeiſſant ſeruiteur,
PICHOV.

ã ij

ARGVMENT.

ERNANT Espagnol de nation, & homme de grande qualité, abandonne Dorotée pour aimer Luscinde, & se sert de l'absence de Cardenio pour la demander en mariage à son pere, qui treuuant le party auantageux la luy accorde facilement. Cette nouuelle fait resoudre Dorotéeà se confiner dans vne Solitude, & contraint Luscinde, qui ne pouuoit aimer que Cardenio, à l'auertir par vne lettre de la perfidie de Fernant: Elle luy promet à son retour de mourir plustost que de consentir à cette alliance: Toutesfois le respect força sa volonté en la presence de Cardenio, qui s'estoit caché derriere vne tapisserie. Cet-

ce laſcheté le met au deſeſpoir : & Fernant qui croyoit eſtre au comble de
ſes deſirs, eſt bien eſtonné de treuuer
dans le ſein de Luſcinde des marques
de ſa fidelité, & de la violence qu'on
faiſoit à ſon affection. Il l'abandonne
auſſi bien que Cardenio, qui s'eſtoit
retiré dans les deſerts, où il tombe
en folie, & fait mille extrauagances
à la rencontre de Dom Quichot, &
de Sancho Pança ſon Eſcuyer. Le
Licentié & le Barbier du village de
Dom Quichot, qui le cherchoient
par tout pour le reconduire en ſa maiſon, reſſentent auſſi quelque effect de
la freneſie de Cardenio. Ils rencótrent
enſemble Dorotée deſguiſée en Berger qui ſe plaignoit de l'infidelité de
Fernant, & tirent par vn plaiſant artifice Dom Quichot de ſa ſolitude, cependant que Fernant auec deux de ſes.
amis enleue Luſcinde du Monaſtere

où elle s'estoit retirée, & la conduit au mesme logis que Cardenio & sa compagnie auoient pris. Cette rencontre fut fauorable: Cardenio & Fernant y terminent leurs differents, & Luscinde & Dorotée y reçoiuent vne entiere satisfaction de leurs amoureuses trauerses.

PRIVILEGE DV ROY.

LOVYS par la grace de Dieu Roy de France & de Nauarre, A nos amez & feaux Conseillers les Gens tenans nos Cours de Parlement de Paris, Roüen, Bordeaux, Thoulouze, Dijon, Rennes, Aix, Grenoble, & à tous autres Iusticiers & Officiers qu'il appartiendra, Salut. Nostre cher & bien-aimé François Targa marchand Libraire de nostre ville de Paris, nous a faict remonstrer qu'il a nouuellement recouuert auec grands frais & despences, vn Liure intitulé, *Les Folies de Cardenio,*

denio, faict par le Sieur Pichou : lequel il defi-
reroit faire imprimer & mettre en lumiere:
mais il craint qu'autres Imprimeurs & Libraires ne se voulussent ingerer de l'imprimer, le frustrant par ce moyen des frais &
labeurs qu'il y faut employer, s'il ne luy
estoit pourueu de nos lettres sur ce necef-
faires, qu'il nous a tres-humblement requi-
fes. A CES CAVSES inclinans volon-
tiers à la supplication & requeste dudit
Targa, & le desirant traicter fauorablemét,
luy auons permis & permettons d'imprimer & faire imprimer, vendre & diftribuer
ledit Liure pendant le temps & espace de
six ans confecutifs, à compter du iour &
datte qu'il fera parachevé d'imprimer. Fai-
fant pour cet effect tres-expresses inhibi-
tions & defences à tous Libraires & Imprimeurs de noftre Royaume, & à toutes
autres personnes de quelque qualité & condition qu'elles soient, d'imprimer ou faire
imprimer, vendre ou diftribuer ledit Liure
dans ledit temps, fans le congé de l'expo-
fant, fur peine aux contreuenans d'amende
arbitraire, défpens, dommages & interefts,
de confifcation des exemplaires qui fe trou-
ueront imprimez & mis en vente au preiu-

ē

dite des presentes. VOVLONS en outre qu'en mettant au commencement ou à la fin dudit Liure autant de cesdites presentes, ou extraict d'icelles, qu'elles soient tenues pour signifiées & venues à la cognoissance de tous. A la charge de mettre deux exemplaires dudit Liure en nostre Bibliotheque gardée aux Cordeliers de nostredite ville de Paris auant l'exposer en vente, suiuant nostre reglement, à peine d'estre descheu du present Priuilege. SI VOVS mandons, ordonnons & enjoignons que dudit present Priuilege vous faciez iouyr & vser ledit exposant plainement & paisiblement, nonobstant oppositions ou appellations quelconques, & sans preiudice d'icelles, clameur de Haro, Chartre Normande, & autres lettres à ce contraires. CAR tel est nostre plaisir. DONNE' à Paris le vingtiesme iour d'Aoust l'an de grace mil six cens vingt neuf: & de nostre regne le vingtiesme.

Par le Roy en son Conseil,

FARDOIL.

Signé en queue LAISNE'.

Acheué d'imprimer le douziefme
Septembre 1629.

LES ACTEVRS.

FERNANT.

CARDENIO.

LVSCINDE.

DOROTEE.

LE PERE DE LVSCINDE.

LE SACRIFICATEVR.

LA NOVRRISSE.

AMERITE parente de Luscinde.

D. FELIX Escuyer de Fernant.

D. GVSMAN son amy.

DOM QVICHOT DE LA MANCHE.

SANCHO PANCA son Escuyer.

LE LICENTIE' du village de Dom Quichot.

LE BARBIER du mesme lieu.

LES

LES FOLIES
DE CARDENIO.
TRAGI-COMEDIE.

ACTE PREMIER.
SCENE PREMIERE.

FERNANT.

Sprits dont la franchise est
toussours assernie,
Qui voulez que l'amour dure
autant que la vie,
Que iamais la raison ne desgage les cœurs,
Et qu'on meure aux prisons de nos premiers
vainqueurs;

Seueres ennemis des voluptez du change, [ge,
Qui blasmez les desseins où sa douceur nous ran-
Et ne pouuez souffrir qu'vn esprit amoureux
Souspire apres le bien d'vn changemēt heureux,
Que vous estes cruels aux mouuemens de l'ame
De les assubiettir à leur premiere flame,
Que vous cōnaissez mal le pouuoir des beautez
Alors que vos desirs sont ainsi limitez,
Et que cette constance est vainement fondée
Que vostre affection a si long-temps gardée,
Comment voulez-vous viure & n'aymer qu'-
  vne fois   [loix?
Parmy tant de beautez qui nous donnent des
Quelle fidelité ne rendroit pas les armes
Aux nouuelles douceurs que produisent leurs
  charmes,
Lors que la iouyssance a suiuy nos desirs, [sirs,
Que l'amour nous exerce en ses plus doux plai-
Qu'il rend la passion tout à fait assoupie,
Et le contentement aussi prompt que l'enuie?
Quel esprit peut alors conseruer ses ferueurs
Dans la possession des dernieres faueurs?
Et lors qu'il s'abandonne à des graces nouuelles

Doit-on pas excuser ses desirs infideles?
Cet aueugle demõ qui preside aux amans, [mēs,
Permet ce doux remede à leurs moindres tour-
Et les plus inconstans dont il voit les exemples
Ne sont point reiettez de l'accés de ses temples.
Autrefois Dorotée a forcé ma raison
D'aller sous son empire establir ma prison,
Iamais l'affection n'a paru si puissante, [sante;
Que dans les premiers vœux de ma flame nais-
Iamais vn cœur humain n'a monstré plus d'ar-
   deur,
Qu'alors que i'attaquay sa timide froideur:
Mais depuis qu'à mon gré sa volonté reduitte,
A permis toute chose à ma longue poursuitte,
Et qu'vn nouueau bon-heur fit paraistre à mes
   yeux
Vn mortel abregé des merueilles des Cieux,
Sa beauté n'est plus rien qu'vne image effacée
Au foible souuenir de l'amitié passée;
Ie rougis maintenant des fers que i'ay portez,
Ie ne me souciens point des pleurs que i'ay iet-
Luscinde desormais viura dãs ma pensée, [tez,
C'est l'vnique beauté dont mon ame est bleßée.

A ij

Et les premiers attraits qui charmerēt mes sens
Auprés de ce Soleil ont des traits languissans.
Cachez, foibles appas, vos lumieres ternies,
Vn mespris raisonnable a mes chaisnes finies,
Tous vos faux ornemens se sont esuanoüis,
Vous ne commandez plus à mes sens esbloüis,
Luscinde vous surmonte, & iamais Dorotée
N'aura la liberté qu'ell'm'auoit ostée,
En fin mon iugement veut regler mes amours.
Mais quel empeschement interrompt mes dis-
    cours?
C'est elle assurément, sa presence importune
Ne sert plus qu'à troubler ma nouuelle fortune.

SCENE II.

DOROTEE.　FERNANT.

DOROTEE

NE dissimulez point, mon esprit voit assez
Que vous auez pour moy ces mouuemens
    forcez,
Confessez hardiment sans vser de ces feintes,

Que ie suis importune à vos secrettes plaintes,
Que ma rencontre fasche vn Amant qui me fuit
Apres tant de sermens dont i'attendois le fruit,
Et qu'à vos nouueaux feux quelque objet
  agreable   [ble:
M'a rendu malheureuse & vous a fait coulpa-
Ie sçay bien que l'amour porte ailleurs vos es-
Et que la iouyssance a causé ce mépris, [prits,
Mes yeux auparauãt auoiẽt l'ardeur plus viue
Lors qu'vn peu de beauté fit vostre ame captiue,
Auiourd'huy vous treuuez ces attraits déplai-
  sans
Dont le premier esclat charmoit vos ieunes ans,
L'excés de mon amour n'a seruy qu'à ma peine,
Et mon bien dependoit de paraistre inhumaine.

FERNANT.

Vous blasmez sans sujet vn amour vertueux,
Dont vous reconnaissez les soins respectueux,
Ie iure que iamais ie n'aymay dauantage
Les celestes appas qui sont en ce visage,
Et que mes derniers vœux ne sont moins innocẽs
Que la fidelité de mes premiers encens: [mesme
Mais l'amoureuse ardeur n'est pas tousiours de

Dans la poſſeſſion des beautez que l'on ayme,
On ne peut pas touſiours auoir ces vifs accés
Que cette paſſion produit en ſon excés,
Amour quitte ſouuent les deſſeins de ſa Mere,
Et s'endort pareſſeux dans les bois de Cythere;
Le diuertiſſement reſtablit la vigueur,
Et le plus doux plaiſir deſgoute en ſa longueur;
Ma flame reprendra de nouuelles amorces
Si vous luy permettez de ramaſſer ſes forces,
Ie cheris vos attraits, & iamais ma raiſon
Ne forcera mon ame à changer de priſon.

DOROTEE.

Ha! que vous me flattez de promeſſes friuoles,
Et que voſtre deſſein dément bien vos paroles:
Oſez-vous me cacher ce ſoudain changement?
Icy ma paſſion cede à mon iugement,
Ie voy bien dans vos yeux l'appareit de ma perte,
Et voſtre laſcheté m'eſt aſſez deſcouuerte.

FERNANT.

Incredule Beauté, quels ſermens voulez-vous
Qui deliurent vos ſens d'vn ſoupçon ſi ialoux?

DOROTEE.

Toute cette aſſeurance en vn eſprit parjure

Ne feroit qu'augmenter son crime & mon in-
  iure: [reux
Non non, suiuez le change, & viuez plus heu-
Sous l'empire nouueau d'vn objet amoureux,
Cerchez d'autre matiere à vos feintes caresses,
Et faittes tous les iours de nouuelles maistresses,
Vous ne me verrez point troubler vos passe-
  temps,
Ie promets le silence à vos feux inconstans;
Quelque bois escarté me seruant de retraitte
Sera le seul tesmoin de ma plainte secrette;
Et ie ne diray plus le sujet de mes pleurs
Qu'à des rochers muets & sourds à mes dou-

FERNANT.   [leurs.

Mon ame, asseure-toy de voir toute autre issuë
De ma fidelité que tu n'as pas conceuë,
Ie te conserueray de si saincts mouuemens,
Que tu m'appelleras le parfait des Amans:
Mais ne persiste plus en cette humeur estrange,
Et ne redoute point que ma passion change.
Pauure fille abusee! helas que tes amours
Ont pour me retenir d'inutiles discours!   [ce,
Tes charmes ne sont plus à mes yeux que de gla-

Dorotée
sort du
Theatre]

A iiij

Et Luscinde y rencontre vne meilleure place:
Depuis qu'vne beauté n'a plus rien à donner,
La peur du changement la doit bien estonner;
Elle qui fut l'objet de ma premiere gloire
Fit naistre mon mespris accordant ma victoire,
Et son sort inegal de naissance & de biens
Ne me peut retenir en ses foibles liens:
Il faut chercher ailleurs vn heureux Hymenée,
Où mon affection soit tout à fait bornée,
Luscinde est le seul but de mes soins limitez
A la possession de ses cheres beautez,
Et quoy qu'elle resiste à l'amour qui me touche,
Vn mot me donnera la moitié de sa couche:
Ie sçay bien que ses vœux autre part engagez
Ne rédroient pas si tost mes tourmens soulagez,
Et que la passion qu'elle a pour Cardenie
Luy feroit mespriser ma poursuitte infinie;
Mais ses parens charmez à l'esclat de mon sort
Se treuueront heureux d'auoüer cet accort,
Et ce foible riual esloigné de sa veuë   [ueuë:
Tombera dans les rets d'vne embusche impour-
N'importe qu'vn dessein fidele ou suborneur
Apporte aux amoureux vn supreme bonheur,

Il faut également sçauoir aymer & feindre,
Et surprendre à la fin ce qu'on ne peut contraindre.

Mais comme tout succede à mon contentement,
De treuuer à propos ce solitaire amant.

Toujours vn noir chagrin entretient de la sorte
Vostre ame abãdonnée au soucy qui l'emporte,
Ie treuue desormais cet amour rigoureux
D'auoir ainsi rendu vos amis malheureux,
Puisque vostre presence est ailleurs asseruie,
Estant si necessaire au bonheur de leur vie.

Cardenio paraist sur le Theatre.

CARDENIO.

Il est vray que mon ame aime encor ces beaux
yeux
Qui m'ont fait les premiers soúspirer en ces
lieux,
Et que le doux effort de mon inquietude
Se plaist de m'attirer dedans la solitude:
Luscinde a tant d'appas qui rauissent mes sens,
Que ie les voy toûjours encor qu'ils soient ab-
sens,
Et que ma passion se rendroit criminelle
De donner quelque treve à ma peine eternelle.

FERNANT.

Vous ſçauez que ie puis iuger de vos tourmens,
Puiſque i'ay ſouſtenu de pareils mouuemens,
Les yeux de Dorotée ont touſiours ſur mon ame
Vn empire abſolu de reſpect & de flame,
Bien que ſon amitié fauorable à mes vœux
M'accorde maintenant les plaiſirs que ie veux.

CARDENIO.

Helas ! que ie ſuis loing de ces cheres delices,
Tous les iours la rigueur eſtablit mes ſupplices,
Et pourtant la Fortune a des traits ſi cruels,
Que rien ne reüſſit à nos vœux mutuels.

FERNANT.

Quelle difficulté treuuez-vous plus preſſante
Contredire ſte eſpoir d'vne amour innocente?

CARDENIO.

Vn vieillard inſenſible à mes ſaintes chaleurs
Ne veut pas que l'amour y produiſe des fleurs,
Et Luſcinde arreſtée aux loix d'vn pere auare
Ne peut recompenſer vne amitié ſi rare.

FERNANT.

Ie croy que mes diſcours ſont aſſez ſuffiſans
Pour forcer cette humeur qui s'attache aux
   vieux ans,

Aujourd'huy ie verray vos parens & son pere,
Afin de vous conduire au bonheur que i'espere,
Pendant que vous serez éloigné quelque temps,
Pour veiller au succés de mes soins importans,
Quelque affaire me touche extrememẽt preßée
Dõt vous pouuez finir la pourfuitte embraßée,
Peu de iours suffiront à cst éloignement,
Apres asseurez-vous d'vn soudain chãgement.

CARDENIO.

Monsieur vous pouuez tout sur mõ obeissance,
Pour vous ie souffrirois vne eternelle absence,
Et ie me tiens heureux d'accomplir vos desirs
Lors que vous treuuez bõ d'occuper mes loisirs.

FERNANT.

Vn mot reste à tracer que i'addresse à mõ frere,
Et qu'vn proche interest ne veut pas qu'on diffe-

CARDENIO seul. [re.

Fascheux commendement de quitter ce sejour,
Où luit le seul objet qui me donne la iour:
O Dieux! que mõ deuoir a des loix biẽ cõtraires
A la fidelité de mes vœux ordinaires,
Que mon impatience espreuuera d'ennuis,
Et qu'en si peu de iours ie souffriray de nuits:

Le moyen de quitter vn moment cette belle

Sans trahir mille fois l'amour que i'ay pour elle,

Et condamner mõ ame aux plus dures rigueurs

Dont la melancolie entretient nos langueurs?

Respect iniurieux qui contrains ma sortie,

Que ie serois content de la voir diuertie

Ailleurs, tu connaiſtrois vn courage aſſez fort,

Et qui redoute plus ce depart que la mort:

Toutesfois il le faut, ma fidele entremiſe

Ne ſe peut deſgager de la charge commiſe,

Et ie la treuue douce en ſa neceſſité,

Puis qu'elle doit seruir à ma felicité.

Laiſſons donc ces regrets, & faiſons que ma
    Sainte

Excuſe en ce deſſein ma liberté contrainte.

Mais que ie ſuis timide en ce faſcheux adieu,

Depuis que ie l'ay veuë arriuer en ce lieu.

Luscinde
vient sur
le Thea-
tre.

Ma bouche n'euſt oſé vous porter ces nouuelles,

Qui ſont à nos deſſins également cruelles,

Si lors que mes diſcours vous mettront en ſoucy

Ie n'auois le moyen de vous guerir auſsi;

Il faut que ie vous quitte, vn depart neceſſaire

Me force à la rigueur d'vn mouuemẽt cõtraire,

Et mon espoir qui suit vn pouuoir absolu
Ne sçauroit retarder ce dessein resolu.

LVSCINDE.　　[sorte?

Dieux , pourquoy venez vous m'affliger de la
Puis-ie auoir là dessus la constance assez forte?
Et comment croyez vous adoucir ma douleur
Dans le ressentiment de ce nouueau malheur?

CARDENIO.

Quittez ces foibles soins, mon esprit vous assure
D'vn remede aussi prôpt que la mesme blessure,
Fernant dont le merite est égal au pouuoir,
Et sous qui la fortune a rangé mon deuoir,
Oblige à ce depart mon fidele seruice:
Mais aussi son credit nous fait vn bon office,
Il doit en mon absence auancer nos amours
A la felicité qu'ils desirent tousiours,
Disposer mes parens, les ioindre à sa conduitte,
Et faire à vostre pere agréer ma pour suitte;
N'est-ce pas vn espoir qui vous doit alleger,
De tirer tant de biens d'vn tourment si leger?

LVSCINDE.

Ouy bien, si ie voyois vostre attente assurée,
I'aurois mille plaisirs d'estre ainsi separée,

Mais que cette faueur est suspecte à mes sens,
Dont il veut soulager nos destins languissans,
Et que souuent le Ciel entend les tristes plaintes
De ceux que ses pareils ont trompé de leurs fein-

CARDENIO.　　[*tes.*

Sa vertu toutesfois n'a point d'esclat si faux,
Que de s'abandonner à ces lasches defaux,
Et son affection est si saincte & si nuë,
Que ie n'en puis douter apres l'auoir connuë.

LVSCINDE.

Dieu vueille que le sort en dispose encor mieux
Que vous ne l'attendez de la bonté des Cieux.

CARDENIO.

Dieu vueille que bien tost nos volontez vnies
Reçoiuent le loyer de nos peines finies.

LVSCINDE.

Pour moy ie vous promets que quand tout l'V-
niuers
Feroit contre ma foy mille desseins diuers,
Sa haine ne sera qu'vne heureuse matiere
A la fidelité que ie vous garde entiere.

CARDENIO.

Et ie iure vos yeux que l'horreur du trespas

Ne sçauroit m'empescher de cherir vos appas.

LVSCINDE.

Ainsi, quoy que le Ciel soit rude ou fauorable,
Nous sommes asseurez d'vne amitié durable.

CARDENIO.

Adieu, qu'vn doux baiser assemblât nos esprits
Les face consentir au dessein que i'ay pris.
Ha! trãsports innocens dont mõ ame est rauie,
Quel sort dans vos douceurs m'a cõserué la vie!
Loing soucis importuns qui causez mon tour-
    ment,
Ie viens de vous quitter dãs vn biẽ si charmant.

LVSCINDE.

Adieu, retirõs-nous que quelqu'vn ne surprene
Les doux rauissemens d'vne amoureuse peine,
Et si vous desirez d'obliger mon amour
Faittes-le peu languir dans l'espoir du retour.

SCENE III.

FERNANT. LE PERE DE LVSCINDE.

FERNANT.

EN fin voyez le but d'vne amitié fondée
Sur la mesme vertu qui l'a toujours guidée,
Et qui ne ressent point ces amours déreglez
Dont le vice entretient tant d'esprits aueuglez.

LE PERE.

Monsieur, le doux accord d'vn pareil Hymenée
Comble de tant de biens ma maison fortunée,
Qu'à l'heure si la Parque attaquoit mes vieux
  iours
Ie verrois sans regret en terminer le cours.

FERNANT.

Et moy i'estime plus cette heureuse conqueste
Que vostre bien-veillāce accorde à ma requeste,
Qu'vne couronne acquise au milieu des dangers
Qui porteroit ma gloire aux climats estrāgers,
Ie croy que vous auez assez de connaissance,

A quoy

A quoy peut aspirer l'honneur de ma naissance,
Et vous n'ignorez pas dans ma condition,
Que i'ay beaucoup d'amour & peu d'ambition,
Ie pourrois autre part suiure vne heureuse trace
Esgalant ma recherche aux grandeurs de ma
    race:
Mais les yeux de Luscinde ont de si doux at-
    traits,
Qu'il faut que la raison cede à leurs moindres
    traits,
Qu'à leur premier effort ma franchise renduë
S'est treuuée à la fin heureusement perduë,
Et que la vanité de mes fers glorieux
Croit la terre ialouse & le Ciel enuieux.

          LE PERE.

C'est ainsi que paraist vne amitié fidelle, [d'elle,
Quand tous nos interests ne sont rien auprés
Que l'inegalité ne peut rompre ses nœuds,
Et qu'elle ne rend point vn esprit desdaigneux,
Aussi vo° treuuerés des voluptés parfaites, [tes,
Puisque le soul amour est au choix que vo° fai-
Si les yeux de Luscinde ont charmé vos esprits,
Ses soins conserueront le trésor qu'ils ont pris,

                         B

Mais ce cõmun bõheur que le Ciel nous enuoye
Veut qu'elle participe à ma nouuelle ioye.

Lnscinde
vient sur
le Thea-
tre.

Ma fille, receuez pour legitime espoux
Cet illustre Seigneur qui s'approche de vous:
Friuole estonnement, quoy cette humeur niaise
Est encor insensible à l'objet de son aise,
Cette timidité monstre vn esprit confus,
Qui n'ose toutefois tesmoigner vn refus.

LVSCINDE.

Il est vray, vous auez sur moy toute puissance,
Et sans paraistre ingratte au bien de ma nais-
sance,
Ie ne puis refuser à vos moindres discours
Le pouuoir d'establir le destin de mes iours.

LE PERE.

Ie veux que dans demain cette heureuse alliance
Termine sa recherche, & mon impatience,
Non, ie n'ay plus sujet de demeurer douteux,
Vn tacite vouloir suit ce respect honteux.

FERNANT.

Adorable beauté, doux sujet de ma peine,
Rendez d'vn seul regard ma victoire certaine,
Auoüez mon seruice, & quittez ces froideurs,

Qui ne font qu'augmenter nos fideles ardeurs.

LVSCINDE.

Mon esprit ne sçauroit desguiser sa contrainte
Ny songer à l'amour où domine la crainte.

FERNANT.

Mauuaise, où trouuez vous que mes affections
Donnent de la contrainte à vos intentions?

LA PERE.

Ha! qu'elle perdra bien cette humeur indocile,
Et qu'vne seule nuit vous la rendra facile,
Laissons la seulement resoudre à ce dessein.
Vn moment luy mettra vostre amour dans le

LVSCINDE seule.

Inhumain, tu crois donc mon respect si timide,
Que pour te contenter il me rende perfide,
Et qu'il doiue endurer vne inique choix,
Puisque ton auarice est contraire à mon choix.
Tyran qui me veux perdre apres m'auoir fait
    naistre,
Ennemy d'vn enfant, paysan d'vn traistre,
Ne croy pas que ton humeur de nature
Acheue contre moy ce qu'il a conjuré:
Auant que mon amour cede à ta tyrannie,

B ij

Auant que ie consente à trahir Cardenie,
Vn legitime effort, vn trépas genereux
Finira les ennuis de mon sort malheureux.

Mais il faut preuenir ce danger de bône heure,
Puis qu'encor mō espoir ne veut pas que ie meu-
   re;
Quelque amy necessaire au malheur qui nous
Le peut facilement auertir cette nuit,   *[suit*
Vn billet ennoyé rappellera son ame
Pour venir conseruer le loyer de sa flame,
Il verra qu'vn perfide a conjuré sa mort
Lors que son amitié luy promettoit le port:
Ce soleil reuiendra dissiper les orages
Qui doiuent esclatter à nos cōmuns naufrages,
Et son affection fera voir au retour
Que l'effort ne peut rien où preside l'Amour.

ACTE SECOND.

SCENE PREMIERE.

CARDENIO.

PErfide, il eſt donc vray que ton ame infidelle
Porte côtre mon bien ſon ardeur criminelle,
Tu veux donc violer les droicts de l'amitié,
Et dans l'ingratitude eſtouffer la pitié.   [re,
Tu veux que mõ malheur ſoit le prix de ta gloi-
Qu'on voye ma defaitte eſtablir ta victoire,
Et ta deſloyauté s'efforce à m'arracher
Vn threſor amoureux qui me couſte ſi cher.
Ha! traiſtre, eſt-ce donc là la fidelle aſſiſtance
Que ton affection offroit à ma conſtance?
Es-tu de ces voleurs dont l'iniuſte deſſein
Nous môſtre vn bõ viſage, & nous perce le ſein?
Caches-tu le poiſon ſous vn front d'allegreſſe?
Et portes-tu la mort à qui tu fais careſſe?
Vrais amis, où peut-on vous trouuer deſormais,

B iij

Si vous estes de ceux qui ne furent iamais,
Et qui n'ont point vescu qu'en la bouche des
    hommes,
Faux objets des vieux ans & du siecle où nous
    sommes,
Confessez hardiment qu'vn discours fabuleux
Fit paraistre autrefois vos effets merueilleux,
Et que vos actions sont autant de mensonges
Qui ne surpassent point l'authorité des songes.
Mais de quelque transport que mes sens agitez
Tesmoignent leur martyre en ces extremitez,
Enfin tous ces discours n'alleget point ma peine
Parmy tant de soucis que la peur me rameine,
Et l'orage est si prest d'esclatter sur mon sort,
Qu'il est bien malaisé d'euiter son effort,
Aujourd'huy ie verray mõ bonheur ou ma perte,
Aujourd'huy la victoire ou la mort m'est offerte,
Et desia le destin balance vn trait fatal
Qui doit fauoriser ou punir vn riual,
Ie reçoy cet aduis de ma belle Maistresse,
Qui m'exprime en ces mots sa crainte & sa tri-
    stesse.

LETTRE DE LVSCINDE
A CARDENIO.

HAs⸱te cher Amant ton retour,
On veut asseruir mon amour
Aux loix d'vne iniuste contrainte,
L'auarice & la trahison
Dressent vne embusche à ma crainte,
Et mon obeïssance establit ma prison.

   Fernant au lieu de te seruir
Me veut iniustement rauir,
Mon pere a receu sa poursuitte,
I'ay beaucoup promis au respect,
Regarde où mon ame est reduitte,
Et si ie dois icy desirer ton aspect.

O Dieux! ce n'est que trop m'asseurer de l'ou-
* trage,*
Et peindre le malheur de mon proche naufrage:
Amour ne permets point qu'vn dessein si mau-
* uais,*
Retarde le bonheur que i'attend desormais,

                  B iiij

Et qu'apres tant de maux qu'on souffre à ton
 seruice
La vertu soit subiette aux trahisons du vice:
Autrement tu verras tes autels démolis,
Ta grandeur mesprisée & tes droicts abolis;
Et tous les amoureux qui verront ces exemples
N'auront plus que le feu qui bruslera tes têples.
Mais pédant que mon ame entretient sa douleur
Dans l'apprehension de ce nouueau malheur,
J'approche du logis où ma belle captiue
Abandonne aux soußpirs sa paßion craintiue:
Que ie serois content de voir ce beau Soleil
Tesmoigner à mes yeux vn sentiment pareil.
Courage, vn petit bruit qui vient de sa fenestre
Me promet que dans peu ie la verray parestre.

SCENE II.

LVSCINDE. CARDENIO.

LVSCINDE à la fenestre.

Q Voy! ne viendras-tu point, seul espoir de
 mes iours,

Secourir au besoin nos fideles Amours?
Es-tu si peu sensible au malheur qui nous presse
De vouloir à ma crainte adiouster ta paresse?
Tu sçais à quel effort mon courage est soumis,
Ne me laisse point seule entre tant d'ennemis,
Retourne, ma chere ame: hé Dieux! sans Car-
    denie
Comment puis-ie aujourd'huy souffrir leur ty-
    rannie?

CARDENIO.

Luscinde vous voyez cet amant malheureux
Qui souffre egalement vn destin rigoureux:
Quelles loix maintenant m'ordonnez vous de
    suiure
Contre tous les assauts que l'iniure nous liure?

LVSCINDE.

O presence agreable, objet delicieux,
Qui charme mon esprit & contente mes yeux;
Ha! que ta veuë est chere à mon ame affligée,
Et que tu rends bien tost ma douleur allegée.

CARDENIO.

Vertueuse beauté, c'est de toy seulement
Que depend ma misere ou mon contentement;

Vn refus genereux me donnera la vie,
Que ton consentement m'aura bien tost rauie.

LVSCINDE.

Ne crains rien, cher amant, tu verras des effets
Capables de laisser tes esprits satisfaits:
Si iamais la Constance eut vn succés prospere
Sauuant la liberté des contraintes d'vn pere,
Et que tous les efforts d'vn esprit suborneur
Luy furent seulement des matieres d'honneur,
Aujourd'huy tu verras esclatter cette audace
Parmy la trahison, l'outrage, & la menace:
La force du respect perdra tout son pouuoir
De me solliciter à trahir mon denoir,
Et la desloyauté voyant qu'on la surmonte
N'aura plus le teint blesme, & rougira de hôte.

CARDENIO.

Si ta fidelité paraist iusqu'à ce point,
Que ce foible appareil ne t'espouuante point,
Apres quoy que le sort face encor pour nous nuire
Nostre amour est si fort qu'il ne le peut destruire,
Mais aussi garde bien d'accorder à la peur
Le fruict de mes trauaux que desire vn trõpeur:
Porte vn front courageux aux yeux d'vn pere
auare,

Et ne reboute point son sentiment barbare.

LVSCINDE.

Mon ame asseure toy qu'vn genereux refus
Rendra nos ennemis estonnez & confus.
Adieu, ie crains icy que quelcun ne nous veille,
Et desià quelque bruit arriue à mon oreille.

CARDENIO seul.

Que ie suis maintenant entre deux passions
Touché diuersement de leurs esmotions,
L'espoir me resioüit, & la crainte me blesse,
I'espere en son amour, & ie crains sa foiblesse:
La femme est vn roseau qui branle au premier
vent,
L'image d'vne mer, & d'vn sable mouuant,
Pour vaincre il luy faudroit ne combattre per-
sonne,
Le changement la flatte, & le respect l'estonne,
Toutesfois c'est delà que mes sens amoureux
Attendent le destin propice ou rigoureux:
Il faut secrettement m'introduire en la salle
Où l'on doit prononcer ma sentence fatale.

SCENE III.

DOROTEE

EN fin ce cœur ingrat, cet infidele amant
Abãdonne mon ame au milieu du tourment,
Fernant voit sans pitié ma ieunesse abusée
A mille cruautez demeurer exposée:
Son esprit a changé de maistresse & de foy,
Il se fasche à l'Amour qui luy parle de moy,
Luscinde le possede, & bastit sur ma perte
Les noueaux fondemens d'vne alliance offerte;
Et tu souffres, mon ame, vn affront si honteux,
Tes desirs ont encor des mouuemens douteux,
Tu vois sa trahison, tu connois ma ruine,
En qu'en fin la fortune à mon malheur s'obstine,
Sans chercher toutesfois en cette extremité
Vn secours necessaire à ma calamité.
Faut-il dõc que i'endure vn volleur qui me quitte
Accomplir deuant moy sa nouuelle poursuitte,
Et contre son deuoir par des vœux solennels
Engager autre part ses esprits criminels?
Faut-il pour redoubler ma douleur vehemente

Que i'assiste au bonheur de sa nouuelle Amante?
Quoy? n'est-ce pas assez de sçauoir qu'aujour-
   d'huy
Tout le bien m'est osté que i'esperois de luy?
Non, traistre, ne crains point ma passion ialouse
Que ie t'aille arracher du sein de ton espouse,
Et porter à l'aspect des mortels & des Dieux
Les signes euidens d'vn parjure odieux:
Ne crains point que ton front rougisse à mes ap-
   proches,
Ie te veux deliurer de mes iustes reproches,
Ie veux loing de tes yeux habiter vn sejour
Que l'ombre exemptera des visites du iour,
Vne noire forest, vn desert solitaire,
Où la honte & la peur ne me feront plus taire,
Là dans la liberté de mes tristes soupirs
Ie diray seulement mon martyre aux Zephirs,
Là de pitié les eaux & les roches atteintes
Se laisseront toucher aux accès de mes plaintes,
L'onde moderera le doux bruit de ses flots,
Tous les vents auront peur de troubler mes san-
   glots,
Et ne toucheront plus que d'vne foible haleine

Les arbres attentifs au recit de ma peine.

Mais que dis-ie insensée en l'estat où ie suis,

Ha! que ma lascheté flatte icy mes ennuis,

Il faut bien dauantage exercer de supplices

Sur mes credules sens de ma faute complices,

Quelque antre seulement habité des serpens,

Où le peril m'effraye *&* me tienne en suspens,

Quelque rocher sur qui tousiours le foudre gron-

Visité seulement de l'escume de l'onde,   [de,

Où la Nature a fait le logis de l'horreur,

Doit seruir de retraitte à ma noire fureur;

Là ie rendmon séjour egal à ma fortune,

Qui trouue desormais la lumiere importune;

Et veut pour côpagnons du tourmêt qui me suit,

L'effroy, le desespoir, le prodige, *&* la nuit.

SCENE IV.

LE SACRIFICATEVR. LE PERE
DE LVSCINDE. LVSCINDE.
FERNANT. CARDENIO.
LA NOVRISSE.

LE SACRIFICATEVR.

VOyez, heureux Amans, à quel bien defi-
rable
Vous porte l'vnion d'vn Hymen fauorable;
C'est parmy ses faueurs que nos sens satisfaits
Reçoiuent des plaisirs innocens & parfaits,
Et que le Ciel propice à nos longues attentes
Asseure le repos de deux ames contentes.
Autrefois ce saint nœud fit sortir hors des bois
Les mortels attirez des douceurs de ses loix,
Et nos premiers parens inciuils & farouches
Ne s'adoucirēt point qu'en ses paisibles couches:
Mais il faut que l'amour auec pareils accords
Vnisse egalement les esprits & les corps,
Et que la volonté ne soit iamais contrainte

Aux libres mouuements d'vne action si sainte:
Ie croy que vous venez en cette intention
Receuoir le loyer de voftre affection.
Fernant n'auez-vous pas vne sincere enuie
De ioindre à son desir celuy de voftre vie?

FERNANT.

C'eft là que mes souhaits ont touſiours aſpiré,
Touchez de la douceur d'vn Hymen desiré.

LE SACRIFICATEVR.

Luscinde auoüez-vous sa pourſuitte innocente?
I'attend de voftre voix que voftre ame y côsente.
Il semble qu'vn refus luy serre ainsi la voix,
Et que cette vnion soit contraire à son choix.

LE PERE DE LVSCINDE.

Niaise en fin tu veux que cette humeur m'offèce,
Ie ne puis endurer ta timide defence.

LE SACRIFICATEVR.

Puiſque vous connaiſſez sa fidele amitié,
Ne desirez-vous pas le nom de sa moitié?

LVSCINDE.

Cardenio
paraift
derriere
la tapiſſe-
rie.   *Ouy.*

Il fort du
Theatre.   ### CARDENIO.

Ha! desloyauté qui trahis mes seruices,

                                        Qu'vn

Qu'vn seul mot me condamne à d'estranges sup-
FERNANT.   [plices.

Que ce consentement me comble de plaisirs,
Ma belle, vne parole a borné mes desirs.
Mais quel prompt accident luy change ainsi la
   face?
Elle pasme, elle meurt, & n'est pl⁹ que de glace.
Luscinde, ma chere ame, ouure encor ces beaux
   yeux
Que mō amour prefere aux lumieres des Cieux.

LE PERE.

Que ce mal est soudain.

LE SACRIFICATEVR.

                    Que son teint deuient blesme,
Tesmoignage asseuré d'vne foiblesse extresme.

LE PERE.

Nourrisse en ce besoin soulagez sa langueur.

LA NOVRRISSE.

Madame, hé Dieux! elle est sans aucune vi-
   gueur,
Tous ses sens sont troublez, & sa forte amortie
A presque mis son ame au point de sa sortie.
Mais voyez ce que i'ay rencontré dans son sein,

C

Ce fer & ce papier marquent quelque deſſein.
FERNANT.
Il faut voir ce qu'elle a tracé dans cette lettre.
LE PERE.
Mon eſprit effrayé ne ſçauroit ſe remettre.

BILLET TROVVE' DANS
le ſein de Luſcinde, que Fernant lit.

I'ay trouué dás la mort le moyé de guerir,
Ma vie euſt offécé mó deuoir & ma flame,
Et quittát Cardenie il falloit bié mourir,
Puiſque l'on me vouloit ſeparer de mon
FERNANT.   [ame.
L'ingrate eſperoit donc s'expoſer à la mort
Pluſtoſt que conſentir au bonheur de mon ſort,
Enfin c'eſt trop faſcher vn amour legitime,
Et flatter le deſir d'vn amant qu'elle eſtime.
Mauuaiſe n'attend plus d'vn eſprit irrité
Que le iuſte loyer de ta temerité;
Fernant Ie ne te verray plus, ma raiſon retournée
ſort du
Theatre. Ne ſçauroit ſupporter ta froideur obſtinée.

LE PERE.

O pere infortuné! seul objet du malheur,
A quel point maintenant te reduit la douleur,

LE SACRIFIC.

Consolez-vous, Monsieur, quelque effet qui
    succede,
Opposez l'esperance au mal qui vous possede.

LE PERE.

Le moyen d'esperer apres tant de rigueur
Qu'exerce le destin sur vn peu de vigueur?

LA NOVRRISSE.

Courage, elle reuient, sa pasmoison finie
Redonne la couleur à sa face ternie.

LVSCINDE.

Malheureuse, est-ce encor le Soleil qui te luit?
N'es-tu pas dans l'horreur de l'eternelle nuit?
Est-ce vn dernier assaut que l'outrage te liure,
De vouloir maintenant te côtraindre de viure?
Non, Destins ennemis, vous ne le pouuez pas,
La douleur a tousiours disposé du trespas,
Et celles que l'on force à prolonger leur trame
Sçauent pour la finir aualer de la flame.
Sus, qu'vn fer secourable à mes iours affligez

Laiſſe d'vn ſeul effort tous mes maux allegez:
Mais le ſort cõjuré m'oſte encor ce remede, [de.
Ie ne treuue en ma peine aucun pouuoir qui m'ai-

LE PERE.

Cruelle, veux-tu donc terminer mes vieux ans
Abbatus ſous le fais des outrages preſens?
Faut-il trouuer en toy l'objet de ma miſere?
Que ie ſerois heureux ſi ie n'euſſe eſté pere,
Puiſque tes volontez ont tant d'auerſion
Aux meilleurs ſentimens de mon affection.

LVSCINDE.

Que vous ſeriez content de me voir criminelle,
Trahiſſant vne amour qui doit eſtre eternelle,
Et ne careſſant plus que les nouueaux deſirs
De ce perfide autheur de tous mes deſplaiſirs:
Mais cette ſainte ardeur ne peut eſtre effacée
Par le conſentement de ma bouche forcée,
Et contraindre au reſpect mon eſprit eſtonné,
C'eſt me rauir le iour que vous m'auez donné.

LE PERE.

Le pouuoir abſolu que i'ay ſur tes années
Doit rendre ſous mes loix tes paſſions bornées.

LVSCINDE.

Il est vray qu'il obtient vn empire sur moy,
Hors ce point, de pouuoir disposer de ma foy.

LE PERE.

Tu ne peux l'engager sans cōmettre vne offēce,
Ny moy le supporter d'vne indiscrete enfance.

LVSCINDE.

Mon amour est si iuste, & mon choix si parfait,
Qu'il faudroit condamner la vertu qui la fait.

LE PERE.

La vertu ne suit point vne ardeur aueuglée
Qui quitte le respect dont elle estoit reglée.

LVSCINDE.

Hà! que ce vain respect, ce tyran de mes iours,
Vous excuse souuent, & m'offence tousiours,
C'est assez qu'vne fois son iniuste puissance
Ait soumis mon amour à son obeïssance,
Mon esprit desauouë vn mot que i'ay lasché,
Et mon ressentiment ne sera plus caché.

LE PERE.

Toutesfois il faut bien que tu sois resoluë
De voir ma volonté sur la tienne absoluë,
De caresser Feruant à son proche retour,

Et dans ta repentance augmenter son amour,
Laisse là Gardenie, & banny sa memoire,
Inutile à ton ame, & contraire à ta gloire:
Vous fideles tesmoins d'vn mal si rigoureux,
Accompagnez encor vn vieillard malheureux.

Lvscinde seule.

Va donc, pere insensible à mes iustes prieres,
Chercher à mes soupirs de nouvelles matieres,
Va, cruel, assembler mille efforts ennemis
Pour me faire quitter vn bien que i'ay promis;
Arme la trahison, l'auarice & l'outrage,
Contre la fermeté de mon ieune courage;
Ie ne redoute plus tes infideles soins,
Ta rigueur est le mal qui me touche le moins.
O Dieux! que mon esprit sent bien vne autre
    atteinte
Voyant de tous costez mon esperance esteinte,
Et que celuy que i'aime éloigné de mes yeux.
Possible en desespoir abandonne ces lieux,
Ayant veu que i'ay fait si peu de resistance
Alors que le respect a choqué ma constance.
Pardon, fidele Amant, mon courage a manqué,
Et non pas mon amour qu'on auoit attaqué;

Retourne diuertir le foucy qui me touche,
Viens voir cōme mon ame a démēty ma bouche,
Viens encor vne fois escouter ma raison,
Et ne m'accuse pas si tost de trahison.
Mais que ie lasche icy d'inutiles paroles,
Et que tous mes desirs sont confus & friuoles:
Ie ne le verray plus, ces soupirs eslancez
Ne sçauroient retenir ses esprits offencez,
Et ie crains tellement le retour de mon pere,
Que ce fascheux penser desia me desespere.
Il faut donc se resoudre à quitter ce sejour,
Où mon affliction ne peut souffrir le iour,
Vn prochain Monastere esleu pour mon azile
A ma iuste frayeur offre vn accés facile,
C'est là que dans l'excés de mes libres regrets
Ma flame entretiendra ses mouuemens secrets,
Et que le souuenir de mon cher Cardenie
Seruira d'entretien à ma plainte infinie;
C'est là que cet vnique objet de mes amours
Apprendra des soupirs qui finiront mes iours,
Que i'ay toujours brulé d'vne ardeur genereuse,
Et que ie fus constante autant que malheureuse.

ACTE TROISIESME.

SCENE PREMIERE.

CARDENIO dans le desert.

Penfers qui nourriffez les douleurs que ie
    fens,
Et liurez ma conftance au pouuoir de mes fens,
Ordinaires autheurs du foucy qui me bleffe,
De qui la violence a vaincu ma foibleffe;
Tyrans de mon repos, à la fin vous aurez
Vn pouuoir abfolu fur mes fens égarez:
Ie permets à vous feuls d'occuper ma memoire,
Et d'effacer l'objet de ma premiere gloire,
I'ay choifi ce defert & l'horreur de ces lieux
Pour auoir le moyen de vous conferuer mieux,
Et de m'abandonner à vos noires furies,
Puifque le defefpoir conduit mes refueries,
Sollicitez ma haine, eftouffez mon amour,
Et me faites refoudre à la perte du iour, [gent,
Lors que vous redoublez les ennuis qui m'affli-

C'est là que vos rigueurs dauantage m'obligent,
Puisque mes cris sont vains, & mes vœux su-
    perflus,
Que puis-ie redouter si ie n'espere plus,
L'outrage & la douleur m'ont conseillé la fuitte,
Vn riual me trahit, & Luscinde me quitte,
Mes yeux se sont mõstrez trop fideles tesmoins
Pour douter de l'affrõt que ie craignois le moins,
Cette bouche autrefois à mon ame si chere
A prononcé l'arrest de ma longue misere,
Et sous vn miel trompeur cachant sa trahison
Apres tant de douceurs m'a donné le poison:
Vn perfide iouyt de ma gloire rauie,
Et moissonne en vn iour le trauail de ma vie,
Ie l'ay veu d'vn seul mot qui m'a fait malheu-
    reux
Destruire tout l'espoir de mes soins amoureux,
Ie l'ay veu sous la foy d'vn iniuste Hymenée
Receuoir la faueur qui m'estois destinée,
Et mon esprit blessé d'vn si visible tort
Cõtent de le souffrir n'a point fait d'autre effort,
Au lieu que ie pouuois irrité de l'iniure
Chastier l'inconstante & punir le pariure,

Et que pour effacer l'affront que i'ay permis

Ie deuois estouffer ces communs ennemis.

O Dieux! quelle puissance à ma rage opposée

Diuertit à ce coup cette vengeance aisée:

Inutiles transports, pourquoy differiez-vous

Vn chastiment facile à mon iuste courroux,

Pour me faire languir en ce lieu solitaire

Parmy les cruautez d'vn exil volontaire,

Où iamais le sommeil n'accompagne mes nuits,

Ny le réueil du iour n'adoucit mes ennuis,

Oui atted que la Parque à mes vœux fauorable

Borne bien tost le cours de mon sort miserable,

Et que ce corps vsé de soins & de trauaux

Succombe sous le faix de mes penibles maux.

Mais que ma passion est lente en cet outrage,

Que mon ressentiment est priué de courage:

C'est trop peu d'vn trasport si paisible et si doux,

Il faut que mon esprit s'abadonne au courroux,

Et que le bruit affreux de ma plainte confuse

S'eloigne du repos que le Ciel me refuse. [pleurs

Ie veux que desormais les ruisseaux de mes

Humettent les guerets, & nourrisset les fleurs,

Que de mille sanglots ma voix entrecoupée

Au recit de mon mal soit tousiours ocupée,
Que ces rocs animez de mes tristes discours
Pour me plaindre & m'ouïr ne soient muets ny
    sours,
Et que ces arbrisseaux n'estans plus insensibles
Apprennent la pitié de mes peines visibles.
Le voulez-vous Luscinde? est-ce assez endurer   Il entre
En ces lieux où mon sort ne peut rien esperer?   en folie.
Cruelle venez voir si mes douleurs sont feintes,
Rendez-vous attētiue à l'excés de mes plaintes,
Quoy, vous me refusez, insensible Beauté,
Ce que m'accorderoit la mesme Cruauté,
A la fin vos rigueurs me reduiront au change,
En fin ie permettray que la raison me range,
Ie brise vos liens, & desia ces desers
Offrent à mon desir des objets que ie sers.
Nymphes de ces forests, Deïtez bocageres,
Descouurez à mes yeux vos beautés estrāgeres,
Naïades delaissez vostre empire natal,
Et sortez à ma voix d'vn seiour de cristal,
Ne craignez point icy les aguets du Satyre,
Et venez soulager mon amoureux martyre.
O Dieux! que de Tritons courōnez de roseaux

Percent d'vn front ridé la surface des eaux:

Retournez, Dieux de l'onde, en vos grottes
  humides,

Vous dõnez de la crainte à mes esprits timides,

Ce n'est pas maintenãt vostre aspect que ie veux,

Ce sont ces Deïtez qui possedent mes vœux,

Chastes Nymphes de l'eau, que vous paraissez
  belles

A mes yeux esblouïs de vos graces nouuelles,

Que i'aime ce visage auec vn teint si frais

Que iamais le Soleil n'offença de ses rais, [sent

Que ce sein me rauit, que ces cheueux me plai-

Que le Zephire essuye, & que les ondes baisent:

Mais le prompt changement qui m'arriue en ces
  lieux,

Quelle nouuelle horreur espouuante mes yeux?

Ce corps pasle & sanglant estendu sur la poudre

Fume encore du coup qu'il a receu du foudre,

O Dieux! tout ce riuage est couuert d'ossemens,

Et ce bois allumé de mille embrasemens:

Spectres qui presentez dans l'horreur des tenebres

A nos sens endormis vos images funebres,

Ne sont-ce point icy vos fausses visions
Qui trompent mon esprit de ces illusions?
Non, ces objets sont vrais, & ma peur qui re-
   double
Voit que la terre tremble, & que le Ciel se
   trouble:
Ces arbres ont perdu leur figure & leur rang,
Ce rocher est de flame, & ce fleuue est de sang;
Fuyons ces tristes lieux dont la moindre auâture
Estonne les humains & destruit la Nature.
Mais que ie treuue icy le sort iniurieux,
D'opposer à mes pas ce torrent furieux
Qui roule entre deux rocs plein d'escume &
   d'audace
A bonds entresuiuis ses flots meslez de glace:
Sus passons à la nage, vn courageux effort
Contre tant de perils se rendra le plus fort.
Dieux que de resistâce: en fin quoy qu'il s'obstine
Ie me deliureray de sa rage mutine:
Me voila sur la riue, effroyable sejour,
Puny moy de la mort si tu vois mon retour.

SCENE II.

LVSCINDE dans le Monastere.

EN fin ie suis hors de contrainte
Apres tant d'outrages souffers,
Ma fuitte a brisé tous mes fers
Et dissipé toute ma crainte,
Ma constance a monstré sa derniere vigueur;
Pour me tirer des mains d'vn pere inexorable;
Ie treuue à mon repos ce seiour fauorable,
Et ne redoute plus les traits de sa rigueur.

Amour voyant que mon martyre
Conserue sa fidelité;
Pardonne à ma timidité
Vn seul mot qu'elle me fit dire;
Ie ne redoute plus vn riual odieux,
Et mes soins ont rendu ma fuitte si secrette,
Que pour estre informé du lieu de ma retrette
Il faut l'auoir appris de la bouche des Dieux.

Ces lieux sont voüez au silence,
C'est le sejour de la vertu,
Où l'on voit le vice abbatu
Sous vne sainte violence,
Vne celeste ardeur brule icy les mortels,　[che,
Et lors qu'on voit sortir des soupirs de leur bou-
Ce n'est pas toutefois ce faux Dieu qui les touche
A qui nos passions ont dressé des autels.　•

　　L'esprit y fait tousiours la guerre
Contre la liberté des sens,
Et porte ses vœux innocens
Bien loing des soucis de la terre;
Icy les cœurs touchez d'vn diuin mouuement
N'ont qu'vn objet solide où leur espoir se fonde,
Et voyant dans le port les orages du monde
Cherchent l'eternité qui depend d'vn moment.

　　Mais que me seruent ces exemples
Puisque mon amour est si fort
Qu'il conserue vn premier effort
Parmy la sainteté des Temples?
Ie resiste au pouuoir des objets presentez,

Tousiours ma paßion a des forces pareilles,
Et lors que ie m'arreſte à ces ſaintes merueilles,
Mes ſens en ſont rauis, & non pas ſurmontez.

Tousiours vn amoureux Genie
Forçant le reſpect de ces lieux
Vient repreſenter à mes yeux.
Le doux portrait de Cardenie,
Rien ne peut, cher Amant, diuertir mon amour;
Il regle abſolument les deſirs de mon ame,
Et ie ne puis quitter ce beau feu qui m'enflame
Que ie ne quitte auſſi la lumiere du iour.

SCENE II.

AMERITE.　LVSCINDE.

AMERITE parente de Luſcinde,
en habit de Religieuſe.

VOus voulez donc tousiours au mal qui
vous poſſede
Entretenir la playe & fuir le remede,
Quoy!

Quoy! n'eſt-ce pas aſſez eſlancer de ſoupirs
Sur l'iniuſte rigueur de tous vos déplaiſirs?
En fin vn temps ſerain ſuit vn orage ſombre,
La lumiere ſuccede à la fuitte de l'ombre,
Et le calme appaiſant la tempeſte des flots
Offre des Alcyons aux yeux des matelots:
Ainſi voſtre tourment doit acheuer ſa courſe,
Et permettre à vos pleurs qu'ils tariſſent leur

LVSCINDE. [ſource.

Mon eſprit toutefois ne peut que ſoupirer
Depuis qu'il a perdu les moyens d'eſperer,
Il faut en cet eſtat que la douleur eſclatte,
Le ſilence nous bleſſe, & la plainte nous flatte.

AMERITE.

Au contraire il ne faut qu'employer la raiſon,
Dont le ſage conſeil ſert à la gueriſon,
Et defend à l'eſprit de nourrir la triſteſſe,
Quelque reſſentimẽt que le malheur nous laiſſe.

LVSCINDE.

Alors que la raiſon diſpoſe ainſi de nous
L'eſprit eſt inſenſible, où le mal eſt bien doux,
Ie ne puis gouuerner mes ennuis de la ſorte,
La conſtance me quitte, & le regret m'emporte.

D

AMERITE.

Quand vous auriez receu tous les traits du mal-
Le repos doit en fin terminer la douleur. [heur,

LVSCINDE.

Qu'eſt-ce que le deſtin peut encor ſur ma vie?
De quelle affliction n'eſt-elle pas ſuiuie?
Vn pere ſi contraire au ſoucy de mon bien,
Vn amant éloigné qui n'eſpere plus rien,
O Dieux! que ma triſteſſe eſt foible & languiſ-
ſante
Dedans le ſouuenir de ma perte recente.

AMERITE.

Vous deuez toutefois attendre encor du temps
Vn bonheur qui rendra tous vos deſirs contens:
On voit en vn moment la fortune changée,
La miſere adoucie, & l'iniure vengée.

LVSCINDE. [chez,

Ie croy que pour mon ſort ces bienfaits ſont ca-
Que les Dieux côtre moy ſerôt toujours faſchez,
Et qu'vn aſtre malin preſide à mes années,
Dont ie ne puis flechir les rigueurs obſtinées.

AMERITE.

Eſperez toutefois, & ſongez ſeulement

A bánir de voſtre ame vn ſi faſcheux tourment;
Vous me verrez toujours d'vne amitié diſcrette
Cacher à vos parens cette heureuſe retrette.

SCENE IV.

FERNANT. D. FELIX ſon Eſcuyer.

FERNANT.

NE m'importune plus de ces foibles diſcours
Que ton affection apporte à mon ſecours,
Quelque ſage deſſein que ta foy me conſeille
Il me choque l'eſprit, & m'offence l'oreille,
Ta peine eſt inutile après ma gueriſon,
Ie ne me puis reſoudre à ſortir de priſon,
Et quoy que la rigueur m'en ait ouuert les por-
tes,
Mõ courage eſt ſi foible, et mes chaines ſi fortes,
Qu'alors que i'ay voulu me ſeruir du meſpris
L'amour a dauantage engagé mes eſprits,
Luſcinde a ſur mon ame vne entiere puiſſance,
Ie ne puis ſans mourir endurer ſon abſence,
Deuãt moy les objets qui ſont les plus charmans

Changent leurs voluptez en sensibles tourmens;
Toute chose me fasche, & iamais ma pensée
Ne souffrit dauantage vne ardeur insensée.

D. FELIX.

Lors que le iugement commande à la fureur
Il estouffe aisément cette amoureuse erreur,
Il le faut opposer à cette tyrannie,
Et vous verrez bien tost sa contrainte bannie.

FERNANT.

Ha! qu'il est bien aisé de conseiller ainsi
Quand on n'est point touché d'vn semblable
　soucy,
Et que celuy qui blasme vn iugement malade
Ignore seulement le pouuoir d'vne œillade;
Helas! si tu sçauois ce que souffre vn Amant
Parmy les cruautez d'vn triste esloignement,
Au lieu de m'accuser alors que ie soupire,
Tu prendrois le soucy de flatter mon martyre.

D. FELIX.

Ouy, si i'estois vn traistre, vn amy vicieux,
Qui voulust desguiser ce mal pernicieux,
Et ne point condamner vne aueugle folie
Qui tient en ses erreurs vostre ame enseuelie.

FERNANT.

Appelle-tu folie vne ardante amitié
Qu'allume la beauté d'vne chere moitié?
Luscinde est-ce vn objet dont l'ame estant blessée
Puisse si librement desgager sa pensée?
Et si tu la connais ne m'auoüras-tu pas
Que le Ciel n'a rien fait d'egal à ses appas?
Que la grace respire & la beauté se ioüe
Sur la fraische blancheur de son aimable ioüe?
Qu'au milieu de son sein les amours retirez
Courtisent tour à tour ses deux monts separez?
Et que dans ses cheueux ces enfans idolatres
Exercent la douceur de cent plaisirs folastres?
Ses yeux ne sont-ils pas les plus heureux vain-
    cueurs
Que l'amour sollicite à la prise des cœurs?
Et sa bouche vn objet de ses plus doux miracles
Où ce Dieu si souuent a rendu ses oracles?

D. FELIX.

Ie veux que rien ne manque à ses perfections
Pour limiter le choix de vos affections,
Qu'on ne la puisse voir sans cherir ses merites,
Et qu'elle soit plus belle encor que vous ne dites;

Auoüez toutefois qu'vn esprit genereux
Ne doit pas supporter ses desdains rigoureux,
Et qu'apres vn refus si lasche & si coupable
Vous luy dönez des vœux dont elle est incapable.

FERNANT.

Il est vray, ie confesse à ta fidelité
Que iamais vn amant ne fut plus mal traitté:
Mais contre tant d'appas.

D. FELIX.

　　　　　Le mespris est facile
Au moindre souuenir de son ame indocile.

FERNANT.

Non, ne m'en parles plus, le mespris ny l'oubly
Ne sçauroient renuerser son empire establyt;
Aide moy seulement de ta sage conduitte
Pour sçauoir quel azile a terminé sa fuitte,
Employe à sa recherche vn soucy nompareil,
Afin de m'asseurer où luit ce beau Soleil;
C'est lors que ton seruice obligera mon ame,
Au lieu de t'opposer à l'ardeur qui m'enflame,
Puisque sans cet objet tous les flambeaux des
　Cieux
Offrent à mes regards vn esclat enuieux.

SCENE V.

D. QVICHOT. SANCHO PANÇA.

.D. QVICHOT.

FIdele compagnon & tefmoin de mes armes,
Qui ne me quitte point dans l'effroy des al-
larmes,
Genereux Efcuyer pour qui les Amadis
Mefpriferoient le choix qu'ils auoient fait iadis,
Parmy tous les exploits & les peines diuerfes
Qui peuuent fignaler mes guerrieres trauerfes,
Tu fçais que les perils m'ont efté des efbas,
Depuis que mon courage a cherché les combas
I'ay graué mon eftime au fein de la Memoire,
Et vuidé de lauriers les autels de la Gloire,
Que les preux renommez dans les fiecles paffez
Ne reprefentent plus leurs pourtraits effacez,
Mon renö feulement tient les plus fiers en bride,
Irriter mon courroux, c'eft offencer Alcide,

L'honneur suit mes desseins, la victoire mes pas,
Et l'vn de mes regards peut causer cent trepas,
Amy de l'innocence, & vengeur de l'outrage,
Ie borne ma grandeur des loix de mon courage,
Et tirant la valeur du sepulchre des morts
Ie releue l'esclat de ses premiers efforts:
Le Tage tous les iours me voyant sur ses riues
Precipite le cours de ses vagues craintiues,
Et la mer receuant ses flots ensanglantez
Qui trainēt les corps morts de ceux que i'ay dō-
Croit que sa violence a dépeuplé la terre,　[tez,
Et qu'au lieu de tribus il luy porte la guerre,
Tāt ie suis valeureux, que mes moindres exploix
Font peur aux elemens & leur dōnent des loix.
Vn enfant toutefois me rauit la franchise,
Et se tiās orgueilleux du bonheur de ma prise:
Celuy qui malgré l'art des enchanteurs malins
Domte des Rodomons transformez en moulins,
Se rend à la mercy d'vne aueugle puissance,
A qui nostre foiblesse a donné la naissance,
Et toute sa valeur est inutile icy.
　　　　　SANCHO.　　　　　[cy?
Quoy? quelqu'effort nouueau vous met-il en sou-

Cherchez d'oreſnauant qui ſuccede à ma place,
S'il ſe faut battre encōr, mō courage eſt de glace,
Depuis que ie vous ſers ie n'ay pas ſeulement
Obtenu pour loyer vn bon gouuernement;
Vous promettez aſſez des Comtez & des Iſles
Où ie feray par an quatre moiſſons fertiles,
Où les chãps de fromage & les ruiſſeaux de lait
Combleront le ſejour d'vn bien-heureux valet:
Maintenant ie connay ces promeſſes friuoles,
Et ne puis deſormais me payer de paroles.

D. QVICHOT.

Touſiours, ton ignorance accompagne ta peur,
Et prend vn bien certain pour vn ſonge trōpeur,
Sçais-tu pas que ie puis te donner vn empire
Dans le moindre deſſein que ma gloire reſpire?
Que le bout de ma lance a des principautez,
Et que le ſort agit ſelon mes volontez?
Eſt-ce aſſez d'vn Royaume auſſi grand que la
    Chine?
C'eſt le moindre bonheur que ce bras te deſtine.

SANCHO.

Pourquoy donc maintenāt differez-vous ce bien
Qui me peut enrichir ſans qu'il voº couſte rien,

Pendant que vous voyez le trauail que i'endure,
De marcher tout le iour & coucher sur la dure,
Estre de mille coups outragé bien souuent,
Et n'ayant rien disné, ne souper que du vent.

D. QVICHOT.

Bien que cette faueur ne puisse encor paraistre,
Attends l'occasion que le Ciel fera naistre,
Tu doutes d'vn bonheur qui ne te peut manquer,
Non plus qu'à mõ pauuoir de vaincre & d'at-
   taquer:
Mais que tu connais mal le sujet de ma plainte
Aux premiers mouuemens d'vne amoureuse at-

SANCHO. [teinte.

Vous estes amoureux, mõ Dieu depuis quel iour
Auez vous resolu de faire icy l'amour, [cesse
Dittes-moy ie vous prie, & quelle est la Prin-
Que vostre affection a choisi pour maistresse?

D. QVICHOT.

Dulcinée est l'objet de mes gestes guerriers,
A qui toute ma gloire a voüé ses lauriers,
Dulcinée est l'autel où ma plainte addressée
Cherche la guerison de mon ame blessée.

SANCHO.

Vous aimez Dulcinée, ô l'admirable choix!

Que ſa taille me plaiſt, que i'admire ſa voix;
Ha! qu'elle dance bien, aucun ne luy diſpute
L'auantage qu'elle a d'exceller à la lutte;
Vous connaiſſez Iacques le valet de Thibaut,
Il luy cede l'honneur de la courſe & du ſaut:
Croiriez vous que ſes yeux ſont bordez d'eſcar-
    latte,
Et que ſon teint eſt doux côme vn cuir de ſauate:
Elle va ſans ſouliers, elle abhorre le fart,
Et n'a iamais meſlé la nature auec l'art:
Enfin ie veux mourir ſi tous ceux du village
Ne ſoupirent d'amour apres ce beau viſage.

D. QVICHOT.

Prophane oſes-tu bien offencer à mes yeux
Ses appas reuerez des mortels & des Dieux?
Ne crains-tu point d'auoir le Ciel toujours con-
Apres auoir taſché ce propos temeraire? [traire
Si iamais tu me tiens de ſemblables diſcours
Ton ſang reparera l'honneur de mes amours:
Eſtime que ta vie eſt au bout de ta langue,
Ta mort ſuiura de prés la fin de ta harangue.

SANCHO.

Reuoquez s'il vous plaiſt ce friuole decret,

Si vous m'auiez tué i' en mourrois de regret;
C'est bien là le loyer d'vn fidele seruice,
Qui dit la verité sans aucun artifice.

D. QVICHOT.

Nommes-tu verité ces blasphemes laschez,
Dont la terre est touchée & les Cieux sont fas-
    chez?
Peu s'en faut que ce bras ne punisse vne offence
Que tu n'excuse point en ta foible defence,
Commande seulement desormais à ta voix.
Mais quel estrãge bruit sort du fonds de ce bois?
Ie crains des enchãteurs l'ordinaire imposture,
Ma lance, mon armet, ha! la belle auanture.

SCENE VI.

CARDENIO. D. QVICHOT.
SANCHO.

CARDENIO en folie sort d'vn
coin du bois.

INfideles voleurs contre moy mutinez,
En vain vous redoublez ces efforts obstinez,

Ie vous mesprise seul, & mes mains desarmées
Esperent d'arrester vos fureurs allumées:
Mõstres nourris de sang qui peuplez ces forets,
Ie sçay bien comme il faut eschapper de vos rets,
Ma generosité suffit à vostre perte,
Puisque i'ay reconnu vostre embusche couuerte.

D. QVICHOT.

Guerrier qui que tu sois, borne icy tes discours,
Et regarde où ie puis te donner du secours,
Faut-il forcer d'assaut le chasteau de Zirfée
Esleuant sur sa perte vn illustre trophée?
Le traistre Arcalaus auroit-il bien le front
De m'attendre au combat t'ayant fait quelque
    affront?
Dispose librement du pouuoir de mes armes,
Ie ne crains ny dãgers, ny prodiges, ny charmes,
Et si ie suis pour toy, l'vniuers conjuré
Ne sçauroit ébranler ton bonheur assuré,
Il n'a point d'ennemis que ta foiblesse craigne,
Que mon cœur ne mesprise & mon bras ne con-
Monstre les seulement.   [traigne,

CARDENIO.

Quoy? n'apperçoy-tu pas

Vn monde d'ennemis qui talonne mes pas,
Qui me vient affaillir?

SANCHO.

Ie ne voy rien paraiftre,
Et le tiẽs pour le moins auſſi fou que mõ maiſtre

CARDENIO.

O Dieux! comme leur nombre augmente en peu
   de temps,
Ce defert retentit de leurs cris eſclattans:
Ca que fans redouter leurs deſſeins tyrániques
Ie me face vn chemin au trauers de ces picques,
Que ie me precipite au meſpris de mon fang
Entre mille poignards qui m'ouuriront le flanc,
Et que pour contenter ma gloire & leur enuie
I'augmente mon renom de la fin de ma vie.

  D. QVICHOT la lance à la main.
C'eſt à moy d'accomplir ces genereux effets,
Legitimes fujets du meſtier que ie fais:
Sans doute c'eſt icy la foreſt enchantée
Que le deſtin referue à ma force indomtée:
Sus que ie vous diſſipe, objets fallacieux,
Quittez ce faux eſclat qui nous charme les
  yeux,

Demons ne viuez plus sous ces tendres escorces,
Et ne m'opposez point vos inutiles forces.

CARDENIO.

Riual iniurieux à l'honneur de mon sort,
Tu me veux donc rauir la gloire en cet effort,
Fuy d'icy, temeraire, vn rigoureux supplice
Doit borner ton audace & punir ton complice.

SANCHO.

A l'aide, ie suis mort, inuincible guerrier,
Pardonnez à Sancho le fidele Escuyer.

D. QVICHOT.

Le perfide a-t'il donc ma vaillance trompée,
Sans me donner loisir de tirer mon espée?
Arreste desloyal.

SANCHO.   Ne criez pas si haut

Que ce diable enragé ne retourne à l'assaut:
Ie suis froissé de coups, la douleur me transporte,
Iamais on n'a traitté Gandalin de la sorte.

D. QVICHOT retourne.

C'en est fait, il se sauue à la faueur du bois,
Et reduit ma pourfuitte à ses derniers abbois:
Quelle iniure soufferte, ha! le regret me tuë

Carde-
nio sort
du Thea-
tre.

De voir sous ce poltron ma vigueur abbatuë:
Dix mille Mandricars enuieux de mes faits
Ne pouuoient l'attenter sans tôber sous le faix.

SANCHO.

Vraymêt c'est à propos que vo⁹ fermez l'estable
Quãd la perte est receuë, & n'est plus euitable,
Que n'auiez vous deuant cette ardeur dans le

D. QVICHOT.   [sein?

Et qui se douteroit d'vn si lasche dessein?
Qui craindroit hors de l'eau la fureur d'vn cor-
 saire,
Et lors qu'on a la paix l'effort d'vn auersaire?
Alors que ie taschois d'obliger son malheur
Son ingratte malice a surpris ma valeur:
Mais qu'il ne croye pas eschapper de la sorte,
Ie iure par l'armet de Mambrin que ie porte
Que ces forests n'ont pas assez d'obscurité
Pour donner vn refuge à sa temerité.

~~~~~~~~~~~~~~~~~~~~~~~~~~~~~~~~~~

ACTE QVATRIESME.

SCENE PREMIERE.

LE LICENTIE', & LE BARBIER
du village de Dom Quichot.

LE LICENTIE'.

APres vn long chemin que ce desert limite
Nous voicy prés du lieu que Dom Qui-
chot habite,
C'est parmy les horreurs de ce bois escarté
Qu'il condamne ses yeux à quitter la clarté:
Maintenant il adiouste à son mal ordinaire
L'amour d'vne beauté du tout imaginaire,
Et propose à son ame vn fantome trompeur
Pour qui sa passion se nourrit de vapeur.

LE BARBIER.

Son mal est sans pareil, iamais la frenaisie
N'eut vn pouuoir si grand dessus la fantaisie.
O Dieux! à quel excés nous emporte l'erreur

E

Depuis que la raiſon fait place à la fureur.

LE LICENTIE'.

Voyez de quelle ardeur cet inſensé ſe pique,
De ſeruir en ce bois cet objet chimerique,
Il ſe plaint aux rochers, il deteſte l'amour,
Et fait fuir d'effroy les oyſeaux d'alentour:
Son viſage eſt affreux, l'excès de ſon martyre
D'vn Cheualier errant en a fait vn Satyre;
Il dit que ſa maiſtreſſe eſt vn Ange mortel,
A qui ſa paſſion veut dreſſer vn autel,
Que iamais ce deſert ne verra ſa ſortie
Que ſon œil adoucy n'ait ſa flame amortie;
Il dit que les rochers ſont touchez de ſes cris,
Et que les arbriſſeaux reſpectent ſes écris
Cependant que ſa table eſt vne vieille ſouche,
Que le roc eſt ſa chambre, & la terre ſa couche.

LE BARBIER.

L'eſtrange reſuerie, hé! le pauure aueuglé
Ne ſçauroit moderer ſon eſprit déreglé.

LE LICENTIE'.

I'eſpere toutefois qu'vne heureuſe conduitte
Peut finir la miſere où ſa vie eſt reduitte, [cours
Pourueu que vous vouliez d'vn ſemblable ſe-

Procurer auec moy le repos de ses iours.

LE BARBIER.

Ce dessein découuert, & l'importance apprise,
Ce qui depend de moy ie l'offre à l'entreprise.

LE LICENTIE'.

Vous verrez ce moyen si facile & si doux.
Mais quel homme inconnu s'approche ainsi de
nous?
Ce visage défait & ce regard farouche
Espouuâtent mon ame et me ferment la bouche.

SCENE II.

CARDENIO. LE LICENTIE'. LE BARBIER.

CARDENIO en folie.

O Dieux! qu'ay-ie apperceu, quels objets
pleins d'effroy
Sont venus tout d'vn coup se presenter à moy?
Il est vray que iamais vne telle auanture
N'a depuis le chaos estonné la Nature,
Et qu'elle eut moins de peur alors que l'vniuers

E ij

Vit ſous l'amas des eaux ſes plus hauts monts
 coûuers.
Ie meurs au ſouuenir de ces horribles marques
Qui m'ont laiſſé la vie au ſein meſme des Par-
 ques,
Le Ciel eſtoit de feu , mille éclairs ſur mes pas
Ne me repreſentoient que l'horreur du trepas;
La terre auoit ouuert ſes cachots iuſqu'au cêtre,
Neptune ſe venoit d'enfermer dans vn antre,
Tous les aſtres cachoient leurs viſages ternis,
Et les quatre elemens paroiſſoient deſunis,
Le ſejour de Pluton eſtoit deſſus la terre,
Il auoit deſarmé Iupiter du tonnerre,
Et du fonds des enfers les Titans deſchainez
R'allumoient côtre luy leurs deſſeins mutinez,
Lors qu'vn Aſtre amoureux forçant ces lieux
 funebres
A fait ſortir le iour du milieu des tenebres,
Qui ne pouuans ſouffrir ſes rayons redoublez
Ont redonné le calme aux elemens troublez:
Luſcinde a diſſipé tous ces objets de crainte,
A l'eſclat de ſes yeux i'ay terminé ma plainte,
Et tous ces accidens m'ont fait la meſme peur

Que i'aurois de l'amas d'vne humide vapeur.
Que ton pouuoir est grand, adorable merueille,
De m'auoir retiré d'vne frayeur pareille.
Mais n'apperçoy-ie pas ce miracle d'amour
Que mon impatience a cherché tout le iour?

LE LICENTIÉ.

O l'estrange fureur.

LE BARBIER.

O Dieux! quelle caresse,
Le pauure extrauagant me prend pour sa mai-
[stresse.

CARDENIO.

Bel astre tu viens donc visiter ces forés
Que ta seule lumiere a percé de ses rais:
Attend, timide, attend, & permets à ma veuë
De voir tous les appas dont sa face est pourueuë.
Ne m'oste pas le bien de te parler icy,
Et rend d'vn seul regard mon martyre adoucy,
Permets que ie te baise.

LE BARB. O la folle ceruelle,

Monsieur ie suis Barbier, & non pas Damoi-
[selle.

CARDENIO.

Luscinde osez-vous bien desmentir tous mes sens,
Parmy tant de beautez & d'attraits rauissans?

E iij

Non, l'oubly ne sçauroit effacer vostre image
D'vn cœur qui tous les iours vous rend vn saint

LE BARBIER.   [hommage.

Malheureuse rencontre, où me suis-ie addressé?
En recherchant vn fou ie treuue vn insensé.

CARDENIO.

En fin entre mes bras ie vous tiēdray mauuaise,
De mille voluptez iouyssant à mõ aise,   [ment.
Vos beaux yeux ne luiront que pour moy seule-
Et viendront à la fin soulager mon tourment,
Nos esprits s'vnirõt sur les bors de nos bouches,
Mille amours volerõt à l'entour de nos couches,
Et versans tous leurs traits sur nos corps em-
     brassez
Nous recompenseront des outrages passez :
Il me semble desia que ma main se desrobe
Aux merueilles que cache vne enuieuse robe,
Et que ma passion languissante à dessein
S'égare entre les lys du visage & du sein.
Agreables transports, amoureuses delices,
Que vous auez bien tost allegé mes supplices,
Vous me rauissez l'ame au moindre souuenir
Du supreme bonheur qui me doit auenir.

Mais vo⁹ vous offecez d'vn discours temeraire
Que produit vn amour qui ne se sçauroit taire.
Pardon chaste Deesse, à mes vœux innocens,
Si vous estes diuine il vous faut des encens:
Et si i'aime trop haut, accusez la Nature
Du pouuoir de vos yeux, et du mal que i'endure;
Ie ne pouuois, ma sainte, ensēble à vostre aspect
Auoir l'ame sensible, & garder le respect.
Quoy? vous me refusez de soulager ma flame,
Tant de submißiõs ne vous touchēt point l'ame,
Cruelle vos desdains durent trop desormais.

LE BARBIER.

Que voulez-vous de moy qui ne vous vis iamais?

CARDENIO.

Ha! ie voy bien que c'est, vo⁹ voulez inhumaine
Que iamais mon repos ne succede à ma peine:
Et bien i'endureray iusqu'à tant que la mort
Termine mes ennuis par la fin de mon sort,
Et quand i'auray souffert cette rigueur extreme
Ie ne m'en plaindray point sur le riuage blesme,
Mes Manes n'oserõt encor vo⁹ reprocher ſcher,
Qu'au lieu d'vn cœur humain vo⁹ portez vn ro-
Mon amour auec moy voudra là bas descendre.

Et toujours quelque flame échauffera ma cédre?
Voyez si ie vous aime.

LE BARBIER.

O! destins inhumains,
Ne suis-ie pas encor eschappé de ses mains?

LE LICENTIE'.

C'est trop vous abuser, regardez ce visage,
Ie meure si ce n'est vn Barbier de village.

CARDENIO.

Ha? traistre, est-ce dõc toy qui rõps cet entretien,
Infidele Fernant possesseur de mon bien?
T'a fuitte est inutile, & ta mort est certaine,
Coupable confident, seul autheur de ma peine,
Ie ne te quitte point que ie ne sois vengé.

LE BARBIER.

Dieux! qu'il m'a fait plaisir de m'auoir dégagé.

LE LICENTIE'.

Au secours, on me tuë.

CARDENIO.

Ha! rauisseur infame,
Ne te vante iamais d'auoir trahy ma flame.

LE BARBIER.

Carde-
nio sort
du Thea-
tre.

Et bien qu'en dittes-vous? maintenãt sur ma foy

Vous n'auez pas sujet de vous mocquer de moy.

LE LICENTIE'.

Qu'il coure à la malheure où sa rage l'emporte,
Iamais homme ne fut estrillé de la sorte.

LE BARBIER,

Sans doute, sa folie est sans comparaison,
Il faut que quelque amour blesse ainsi sa raison,
Et que le moindre objet troublant sa fantaisie
Réueille la fureur dont son ame est saisie.

LE LICENTIE'.

Ie le croy comme vous, ce poison dangereux
Porte à l'extremité son destin malheureux.

LE BARBIER.

Suiuons-le seulement pour sçauoir sa retraite,
Afin de soulager sa passion secrete,
Et de peur qu'à la fin il ne cherche vn tombeau
Au creux de quelque roche, ou dans le sein de

LE LICENTIE'.   [l'eau.

Mais si dans cet esprit la fureur perseuere,
Nous voilà retombez dans la mesme misere.

LE BARBIER.

Non non, ne craignez rien, ces trãsports violens
Ne causent pas tousiours de semblables élans.

LE LICENTIE'.

'Allôs puis qu'il vous plaist, et m'obligez de grace
De marcher le premier, ie vous fuis à la trace.

SCENE III.

D. FERNANT. D. FELIX son Escuyer.
& DOM GVSMAN son amy.

FERNANT.

AMis ne blasmez point le dessein que i'ay
pris,
Qui peut entierement alleger mes esprits,
Vous pourriez autre part condãner ma licence,
Icy ma passion a beaucoup d'innocence,
Nous voicy prés du lieu que i'ay voulu choisir
A l'accomplissement de mon iuste desir;
Vous sçauez que Luscinde a treuué son azile
En ce prochain Conuent dont la veuë est facile,
Alors que le soleil veut quitter ce sejour,
Que desia les vallons n'ont ny chaleur ny iour,
Cependant que la nuit estend ses voiles sombres,

Et qu'vn peu de clarté resiste encor aux ombres;
Elle vient toute seule en ces beaux promenoirs
Se plaindre à la faueur de leurs ombrages noirs,
Et troubler de ses cris les Driades craintiues
Qui cherchent tous les soirs la fraischeur de ces
    riues,
C'est lors qu'estás couuerts du bois & de la nuit
Nous pouuós aisémét loing du móde et du bruit
Accomplir le dessein de ma iuste entreprise,
Et ioüyr de l'effet d'vne heureuse surprise.

D. GVSMAN.

Il est vray que sans craindre aucuns empesche-
    mens
Qui puissent s'opposer à vos contentemens
Nous pouuons à dessein de finir vos disgraces
Marcher assurément sur ces faciles traces:
Et quand mille trespas s'offriroient à nos pas,
Qu'il faudroit pour vo⁹ suiure affrõter le trépas
Rien ne diuertiroit nos fideles enuies,
Et nous vous seruirions au mespris de nos vies.

FERNANT.

Non, ie ne veux de vous qu'vn bienfait si leger,
C'est icy seulement que l'on peut m'obliger,

La pitié vous inuite, & l'amour vous supplie
De rendre en ce secours mon attente accomplie,
Secondez ma poursuitte, & suiuez vn moment,
Mon espoir asseuré de finir mon tourment.

D. FELIX.

Nos courages n'ont pas besoin de ces amorces,
Vne franche amitié redouble icy leurs forces,
Et donne à nos esprits vn desir genereux
D'establir le repos de vos iours amoureux.

FERNANT.

Ie treuue que le masque est icy necessaire,
De peur d'estre connus de ma belle auersaire,
Entrons dedans le bois, le iour decline fort,
Voicy l'heure plus propre à faire vn tel effort,
Les paysans fatiguez ont quitté les campagnes,
Le soleil ne luit plus qu'au sõmet des mõtagnes,
Et veut quitter la place à l'objet que ie sers,
Qui vient en son absence esclairer ces desers.

SCENE IV.

CARDENIO en folie.

ARreſte icy Luſcinde, où fuis-tu ma
     Deeſſe?
Pour flatter mõ amour mõtre vn peu de pareſſe,
N'entre point, mon ſoleil, en ces obſcuritez,
Qui ne peuuent ſouffrir tes diuines clartez.
Mais comme en vn inſtãt elle eſchape à ma veuё
Plus viſte qu'vn eſclair qui ſe pert dans la nuё.
Funeſte ſolitude, objets pleins de terreur,
Effroyables deſers où preſide l'horreur,
Grands rochers éleuez des mains de la Nature,
Inſenſibles teſmoins de ma triſte auanture,
Pardonnez à l'excés de mes feux indiſcrets
Si ie cherche Luſcinde en vos antres ſecrets,
Montrez-moy ſa beauté que vos ombres recel-
    lent,
Et ne permettez pl⁹ que mes ſoupirs l'appellent:
Belles eaux qui coulez auec vn bruit ſi doux,
Ne la cachez vous point à mon eſprit ialoux?

Si ie ſçay qu'elle ſoit en vos grottes humides
Ie rompray le miroir de ces vitres liquides;
Ses yeux brillent dans l'onde auec des traicts
    ardans,
Il n'en faut plus douter, ie la voy là dedans,
Et quoy que mon amour ſe faſche en cette attéte
I'ay du plaiſir à voir ſon image flottante:
Diuinitez de l'eau qui me la retenez,
Ha, que vous m'offencez du ſoin que vous pre-
    nez:
Ie veux rompre ces bors, ie veux troubles vos on-
    des,
Et voꝰ rẽdre en ces lieux deſormais vagabõdes.
Mais ce debile corps abbatu de langueur
Succombe ſous le faix, & n'a plus de vigueur,
Ie ſens de plus en plus augmenter ma foibleſſe,
Mon iugement retourne & ma force me laiſſe.
Malheureux Cardenie, à quel point deſormais
Te reduit vn tourment qui ne ceſſe iamais,
Ne ſçaurois-tu guerir de ce faſcheux martyre,
Et rendre ta raiſon paiſible en ſon empire?

SCENE V.

LE LICENTIÉ. LE BARBIER.
CARDENIO.

LE BARBIER.

IL ne peut eſtre loing, les accens de ſa voix
Sont venus iuſqu'à nous du milieu de ce bois.

LE LICENTIÉ.

O Dieux, ie l'apperçoy, ſa rencontre m'effraye,
Ainſi que d'vn ſerpent eſlancé d'vne haye.

CARDENIO.

Amis ne fuyeZ point, que craigneZ vous ſi fort?
Ie ne ſuis pas icy pour vous faire du tort,
Mais ſi quelque douleur vous peut rendre ſenſi-
bles
A la compaſſion des miſeres viſibles,
Et qu'encor la Nature accorde à la pitié
Les meilleurs ſentimens de l'humaine amitié,
Dönés quelque allegeäce au mal qui me poſſede,
Voſtre entretien pourra luy ſeruir de remede,
Vous pouués d'vn biëfait obliger mö tourment,

Que le deſtin me nie en voſtre éloignement,
Deſia ces bois laſſez des ſoupirs que i'élance
Se plaignent que ma voix a rompu leur ſilence,
Et les Echos vſez de mes cris ſuperflus
Ceſſent de m'eſcouter, & ne me parlent plus.
Dieux! que c'eſt vn plaiſir bien ſenſible au mar-
    tyre
De treuuer quelquefois les moyens de le dire.

LE BARBIER.

Ne treuuez point eſtrange vn iuſte eſtonnement
Que voſtre ſeule voix diſſipe en vn moment,
Nous croyons à l'abord que voſtre ame bleſſée
Seroit au meſme eſtat que nous l'áuions laiſſée.

CARDENIO.

Auez-vous donc connu cette aueugle fureur
Que mon reſſentiment exercé en ſon erreur?
Pardónez aux trãſports d'vn eſprit que la rage

LE LICENTIÉ.

Non non, ne parlõs point d'vn ſi leger outrage,
Regardez ſeulement ce qui depend de nous
Pour mettre voſtre ſort en vn eſtat plus doux;
Il ne faut qu'vn inſtant pour porter la victoire
Du centre du malheur au ſommet de la gloire;
                              Et le

Toute sorte de mal se guerit par le temps,
Et les plus malheureux à la fin sont contens.

CARDENIO.

Ce n'est pas que i'espere en cette solitude
De moderer l'excés de mon inquietude,
Et que ie vienne icy chercher mal à propos
Au milieu du tourment la douceur du repos:
Tous les iours contre moy la mort sollicitée
Se rend inexorable à ma plainte escoutée,
Et la rigueur du sort m'a reduit à ce point,
De ne pouuoir mourir, & de ne viure point.

LE BARBIER.

La mort sans l'irriter pend assez sur nos testes,
Et se rend mesme affreuse au sentimēt des bestes:
Vous deuez au contraire estouffer ce dessein
Qu'vn passe desespoir allume en vostre sein,
Et quitter le seiour de ces riues desertes
Apres tāt de langueurs & d'iniures souffertes.

CARDENIO.

Ces tourmens desormais familiers à mes iours
Ne m'espouuantent plus en leur penible cours,
Ma perte estant concluë & ma peine arrestée,
Ie voy bien que ma vie est icy limitée,

F

Et mes yeux aujourd'huy ne sont point offencez
De l'horreur de ces rocs sur ma teste herissez:
Quelques Pasteurs m'ont dit alors que la folie
Suit les longues erreurs de ma melancolie,
Qu'au milieu de ce bois courant d'vn pas leger
Ie poursuis en fureur vn timide Berger,
Et que dans cette ardeur ie franchis les riuages
Des torrents débordez sur ces landes sauuages;
Que pâché quelquefois sur le bord d'vn ruisseau
Ie me plains insensé du doux bruit de son eau,
Et croyant arrester sa vagabonde course
I'offence de cailloux la beauté de sa source;
Que voulant s'informer du sujet de mes soings
Ie ne leur respondois que des pieds & des poings,
Qu'ils m'excusent pourtant, quelque effort que
　ie fasse,
Et me laißët pour viure aux endroits où ie passe
　　　LE LICENTIE'.
Ie croy qu'vn bon conseil receu du iugement
Vous pourroit apporter vn heureux change-
　ment,
Quoy qu'vn destin côtraire exerce en son empire
La vertu seulement ne veut pas qu'on soupire,

Et que dans le malheur nos esprits combatus
Paraissent laschement sous sa force abbatus:
Pour acquerir le calme il faut vaincre l'orage,
Et tousiours opposer le mespris à l'outrage:
Vsez de la constance en vos afflictions,
Vn paisible repos suiura vos actions,
Vous verrez sans frayeur le bord du precipice,
Et contraindrez le sort à vous estre propice.

CARDENIO.

Ouy bien si tout cela m'assuroit de guerir,
L'espoir quittant la vie il nous reste à mourir:

LE LICENTIE'.

Toutesfois ces fureurs sont tousiours condānees
Qui couppent à leur gré le filet des années:
Le terme de nos iours n'est pas à nostre choix,
Et le Ciel nous oblige au respect de ses loix.

CARDENIO.

Inutile contrainte: il faut donc pour les suiure
Qu'il nous donne moyen d'esperer & de viure.
Mais que ce beau Berger paraist triste à mes
* yeux*
Qui vient secrettement soupirer en ces lieux,
Voyez cōment l'excés de ses douleurs cachées

F ij

De son pasle visage à les roses seichées.
LE BARBIER.

Il semble toutefois que son ressentimens
Se dispose à la plainte.
LE LIC. *Escoutons seulement.*

SCENE VI.

DOROTEE. CARDENIO.
LE LICENTIE'.

Plainte de DOROTEE.

Tristes lieux de ma solitude,
Sombres retraittes de ces bois,
A qui i'ay conté tant de fois
L'excés de mon inquietude;
Grands deserts, funeste sejour
D'où iamais les rayons du iour
N'ont chassé l'horreur ny l'ombrage,
Excusez mes iustes regrets
S'ils vous font icy quelque outrage,
Ie ne puis soupirer qu'en des lieux si secrets.

La plainte autre part m'est rauie,
La honte estouffe mes douleurs,
Et la liberté de mes pleurs
Offence l'estat de ma vie:
Icy mon esprit languissant
Parmy les ennuis qu'il ressent
Exerce vne libre vengeance,
Et conseille à ma passion
De ne point chercher d'allegeance,
Si vous ne la donnez à mon affliction.

Icy la faueur de vos ombres
Propice à mon déguisement,
Me fait ressentir doucement
L'effroy de vos demeures sombres:
Ie croy que mes tristes soupirs
Touchent de pitié les Zephirs,
Que ma voix les rend plus paisibles,
Et que dans cet affreux sejour
Ces rochers qu'on croit insensibles
Le sõt moins que celuy qui trahit mõ amour.

Fascheux souuenir qui me blesse
  Depuis qu'vn volage amoureux
  A rendu mon sort malheureux,
  En triomphant de ma foiblesse;
  Mais qu'il falloit à mes esprits
  De resistance ou de mespris
  Pour me garentir de ses feintes;
  Que ses discours furent puissans,
  Qu'il eut d'artifice en ses plaintes,
  Et qu'il estoit aisé de captiuer mes sens.

Beauté dont i'adore les charmes,
  Disoit cet infidele Amant,
  Voyez le but de mon tourment,
  Et le iuste espoir de mes larmes,
  Iamais vn vicieux aspect
  N'a tiré mes vœux du respect
  Depuis que mon ame soupire;
  Hymen nous pourra rendre heureux,
  L'honneur establit son empire,
  Et range sous ses loix les esprits genereux.

Là deux feux n'ont rien qu'vne flame,
  Deux volontez n'ont qu'vn desir,
  Deux cœurs ne poussent qu'vn soupir,
  Et deux corps n'enserrent qu'vne ame;
  C'est là que l'amour sans rigueur
  Iusqu'à sa derniere vigueur
  Nous fait ignorer ses malices,
  Et que la chaleur de nos sens
  Respirent de chastes delices,
  Et gouste en liberté des plaisirs innocens.

Discours plein de fiel & d'outrage,
  Puisque son frauduleux effort
  M'offroit les voluptez du port,
  Et me reseruoit le naufrage,
  Esprit perfide & suborneur
  Qui me presentoit ce bonheur
  Auec ces amorces legeres,
  Cependant que sa trahison
  Cachoit dans ces fleurs des viperes,
  Et presentoit le miel pour donner le poison.

En fin ma perte est arrestée,
Fernant n'a plus d'amour pour moy,
Vne autre le tient sous sa loy,
Luscinde a chassé Dorotée,
L'ingrat ne songe plus,

Elle apperçoit Cardenio.

CARDENIO.

O Dieux! que de merueilles
Ont touché mes esprits & charmé mes oreilles,
Luscinde icy nommée & Fernant accusé
Par ce ieune miracle en Berger déguisé,
Que mes sens sont rauis.

DOROTEE.

Quoy? faut-il découuerte
Que ie quitte si tost le recit de ma perte?

CARDENIO.

Arreste Dorotée, & ne redoute rien,
Ie plains ton infortune, & desire ton bien.

DOROTEE.

O Dieux! iusques icy ma misere est connuë,
Que mon ame est surprise en sa prompte venuë.

CARDENIO.

T'estonnes-tu de voir cet amant langoureux

Que Luscinde & Fernât ont rēdu malheureux?

DOROTEE.

Helas! est-il possible? est-ce vous Cardenie
Qui ioignez vos regrets à ma peine infinie?

CARDENIO.

Ha! qu'il est bien aisé de sçauoir qui ie suis
En voyant la misere où mes iours sont reduis:
Pleust au Ciel que la mort m'eust arraché la vie
Qu'vn destin rigoureux a tousiours poursuiuie,
Afin de contenter cette ingrate beauté
Qui m'a fait le tesmoin de sa desloyauté.

DOROTEE.

Vous ne sçauez donc pas qu'ayant esté cōtrainte
D'abandonner sa flame au pouuoir de sa crainte
Alors que deuant vous vn respect rigoureux
Força la liberté de son choix amoureux,
Qu'on vit ce beau soleil que vostre ame reuere
Tomber entre les bras de son auare pere,
Et que Fernant touché d'vn sensible courroux
Apres auoir connu l'amour qu'elle a pour vous,
Tesmoigna du mespris, & quitta l'assemblée,
Que le mal de Luscinde auoit desia troublée.

CARDENIO.

Helas! ce que tu dis est-il bien asseuré?
Ne veux-tu point flatter mon mal desesperé?

DOROTEE.

Iamais rien de plus vray n'a touché vos oreilles.

CARDENIO.

O nouuelle agreable! ô douceurs nompareilles!
Tu me forces de viure apres tant de trépas,
Et me rends la clarté que ie n'attendois pas.
Iustes Dieux qui bornez mes trauerses passées,
C'est icy que ie voy vos merueilles tracées;
Les astres adoucis ne versent plus de fiel
Sur nos iours deliurez des iniures du Ciel:
Respirons maintenant, & goustons l'esperance
Si long temps inconnuë à la perseuerance;
Car puisque ma Luscinde est encor à changer,
Et que sa resistance a voulu me venger,
I'espere que bien tost nos ames reünies
Ensemble gousteront des douceurs infinies,
Et que ce desloyal admirant ton amour
Tirera son repos du bien de ton retour.

DOROTEE.

Ie le veux: esperons, genereux Cardenie,

Puisque ma destinée à la vostre est vnie,
Ie ne redoute plus auec vn tel appuy
La rigueur du destin qui m'afflige aujourd'huy,
Et seray desormais à vos pas attachée,
Attendant que le sort ait sa haine cachée.

CARDENIO.

Non nõ, ne doutez point que les Cieux appaisez
Ne soient d'oresnauant à nos vœux disposez:
Vous qui venez de voir vn desespoir extreme,
Ne peindre que la mort sur mon visage blême,
Lors que ie resistois à vos sages propos,
Vous voyez quel remede establit mon repos,
Tout autre m'offençoit en sa vaine assistance
Dépourueu de raison & priué de constance.

LE BARBIER.

Que nous sommes ioyeux de vous voir si contens
Treuuer apres l'hyuer la douceur du printemps:
Puisse tousiours le Ciel augmenter vostre ioye
Parmy tous les plaisirs que sa faueur enuoye.
Adieu, quelque dessein important & pressé
Nous rappelle au chemin que nous auons laissé.

CARDENIO.

De grace dittes-moy le sujet qui vous meine

A venir iusqu'icy consacrer vostre peine.

LE LICENTIE'.

Vn mot vous tirera d'vn semblable soucy,
Vn pauure Gentilhomme est à deux pas d'icy
Dont l'esprit égaré nourrit sa resuerie
Des fantasques trauaux de la Cheualerie,
Et croit auoir rendu son destin glorieux
D'imiter les amours de Roland furieux:
Nous auons toutefois inuenté quelque feinte
Pour dißiper l'erreur dont son ame est atteinte.

CARDENIO.

Il me semble auoir veu depuis vn iour ou deux
Ce nouueau Cheualier assez maigre et hideux,
A qui ie me souuiēs d'auoir fait quelque outrage
Pendant que la fureur possedoit mon courage:
Mais que puis-ie pour vous? disposez librement
D'vn esprit desireux de son allegement.

LE LICENTIE'.

Si la priere icy ne sembloit temeraire,
I'implorerois de vous vn bien si necessaire,
Cette ieune merueille a des charmes puissans
Pour tirer de ce bois ses esprits languissans.

DE CARDENIO.

CARDENIO.

Voulons nous, Dorotée, aider à l'artifice,
Et rendre à sa misere vn fauorable office.

DOROTEE.

Vos desirs sont des loix que ie suiuray toujours,
Quelque difficulté qui trauerse leur cours,
Et ie croiray ma peine assez recompensée
Apres la guerison de cette ame insensée.

LE LICENTIE'.

Ie vous diray que c'est, auant que l'aborder
Cherchôs quelque lieu propre à nous accômoder.

SCENE VII.

D. QVICHOT. SANCHO. FERNANT.
D. FELIX.   D. GVSMAN.
LVSCINDE.

D. QVICHOT.

Sçache que i'ay choisi cette affreuse retrette
Afin de mieux cacher mõ ardeur indiscrette,
Et tascher d'adoucir ce soleil amoureux
De qui la cruauté m'a rendu malheureux:

Tu ne peux arracher ce deſſein de mon ame,
Maintenant ma valeur doit ceder à ma flame,
Reſou toy ſeulement de ſortir de ce bois
Pour voir ce bel objet qui me tient ſous ſes loix,
V aporter cette lettre à ma belle inhumaine,
Où ie trace en vn mot ſa rigueur & ma peine,
I'attend tout mon bonheur d'vn fidele retour,
Mais eſcoute premier la voix de mon amour.

GALIMATIAS.

L'incomparable eſclat de vos celeſtes charmes
Ayant dôté mó cœur n'a pas vaincu mes armes,
Si vos perfections ont forcé ma raiſon,
Iamais d'autre pouuoir n'aura ma gueriſon,
Vos cheueux ſont plus beaux que le ſein d'O-
riane,
Et pour vous admirer ie reuere Diane,
Auſſi les aſtres n'ont eſclairé vos beautez
Qu'afin que mon amour ne viſt leurs cruautez.

SANCHO.

Les ſententieux mots, les diuines paroles,
Où vous auez tout mis le ſçauoir des eſcoles:
Ha! vous m'endormirez ſi vous acheuez tout,
Mon maiſtre c'eſt aſſez, ne liſez iuſqu'au bout.

D. QVICHOT.

Maintenant, cher amy, ta discrete entremise
Dispose de mon ame entre tes mains remise,
Iuge de ma fortune à son premier abort,
Si ie dois esperer le naufrage ou le port;
Regarde de quel œil cette missiue ouuerte
Assurera ma vie ou conclura ma perte:
Alors ie te supplie adiouste à mes escris
Que ces bois sont touchez de l'effroy de mes cris,
Que iamais Amadis n'a tant fait de folies,
Et que Roland auoit de plus foibles saillies,
Qu'elle est le seul Astolphe aux transpors que ie
    sens
Qui me peut aujourd'huy renuoyer mõ bon sens.

SANCHO.

I'en inuēteray plus que vous n'en sçauriez dire.

D. QVICHOT.

Apres assure toy d'vn Duché, d'vn Empire,
Ie te feray si grand. Mais quel nouueau mal-
    heur
Vient encor exercer ma guerriere valeur?

Fernant
& ses a-
mis sor-
tent auec
Luscinde

SANCHO.

Adieu mon maistre, il faut accõplir mon voyage.

D. QVICHOT.

Non, ie veux que tu sois tesmoin de mõ courage.

LVSCINDE.

Où me conduisez-vous assassins inhumains?

D. FELIX.   [mains.

Ne craignez rien, Madame, estant entre nos

D. QVICHOT.

O Dieux! c'est Sagripant qui rauit Angelique,
Quitte, infidele Roy, ce dessein tyrannique,
Ie suis l'appuy des bons, & l'effroy des peruers,
Dom Quichot de la Manche, honneur de l'v-

FERNANT.   [niuers.

Oste-toy de mes yeux, insensé temeraire,
Et publie autre part ta gloire imaginaire.

D. QVICHOT.

Si ta desloyauté persiste en cet effort,
N'attend de ma valeur que la honte ou la mort.

FERNANT.

D. Qui- Et toy prend de ma main le fruit de ta menace.
chot s'en O le vaillant guerrier, la merueilleuse audace,
fuit.   Vous qui suiuez par tout sa fortune & ses pas.

SANCHO.

Monsieur pardonnez moy, ie ne le connoy pas.

Hal

FERNANT.

Ha! c'eſt bien la raiſon de vous traitter de meſ-
Il faut participer à ce bonheur extreſme,   [me,
Vous le meritez bien.

SANCHO.

Ie ſuis mort, au ſecours,
Au diable ſoit le maiſtre & ſes folles amours.

FERNANT.

Ce vieux fantoſme armé qui préd ainſi la fuitte
Deuoit bien s'oppoſer à ma iuſte pourſuite:
Que de timidité ſous vn front arrogant
Que ie viens d'épreuuer en cet extrauagant.
Mais qu'il eſt deſia tard, le ſilëce & les ombres
Semët par tout l'horreur en ces riuages ſombres.
Amis quittons ce bois effroyable à nos yeux,
Et gaignons vn logis aſſez prés de ces lieux.

D. QVICHOT.

Allons, Madame, allons.

LVSCINDE.

Arrachez-moy la vie
Pluſtoſt que d'outrager ma foibleſſe aſſeruie.

G

ACTE CINQVIESME.

SCENE PREMIERE.

D. QVICHOT.   SANCHO
PANÇA.

D. QVICHOT.

EN fin, cher confident de mon affection,
As-tu fidelement seruy ma passion?
Ne me déguise rien, que faut-il que i'espere?
Dis-moy si le destin m'est contraire ou prospere,
Ne tiens point mon esprit dauantage en soucy.

SANCHO.

Croyez que mon voyage a tresbien reüssy.

D. QVICHOT.

Quel accueil t'a donc fait cette illustre Princesse
Pour laquelle ie brusle & soupire sans cesse?
N'as-tu point par ma lettre offensé tant de Rois
Qui souffrent maintenant la rigueur de ses lois?
Dis moy si ma fortune est quelque peu meilleure,

Et figure à mes sens sa royale demeure.

SANCHO.

O le rare sejour! l'excellente maison!
Dont le toict est de chaume & le mur de gason.

D. QVICHOT.

Ie sçay bien que ta veuë est aisément trompée,
A de grossiers objets tous les sieurs occupée,
Et qu'vn Palais superbe en ses lambris dorez
Ne paraist qu'vne estable à tes sens égarez;
Aussi ce sot discours ne me met point en peine:
Que fis-tu seulement à l'abord de ma Reyne?
Ne m'auoüras-tu pas ayant veu ses attraits
Qu'on ne peut resister au pouoir de leurs traits?
Que sans idolatrie on peut dresser vn temple
A ce diuin objet que mon ame contemple?
Que l'Aurore est moins belle alors que sur les
*   fleurs*
Elle verse au matin sa lumiere & ses pleurs?
Et qu'on voit dans son sein de si rares merueilles
Qu'il faut que la nature ait là borné ses veilles?

SANCHO.

Ie vid toute autre chose, & rien de tout cela
Ne parut à mes yeux alors que ie fus là.

D. QVICHOT.

Au moins tu ne sçaurois m'accuser d'vne feinte
Quãd ie dis que sa bouche est de cynabre peinte,
Et que sa face eslance vn esclat radieux
Qui blesse les mortels & captiue les Dieux,
Que le fils de Cypris n'emprunte plus ses armes
Que du globe iumeau de ses yeux pleins de char-
　mes,
Et qu'on voit sur son teint vn esmail aussi frais
Qu'en ce plaisant seiour où l'hyuer n'est iamais.

SANCHO.

Ha! le foible discours où vostre esprit s'amuse,
En vn mot elle est belle estant louche & camuse,
Ayant le front estrait, les sourcils abbaissez,
Le teint noir, le poil rude, & les yeux enfoncez.

D. QVICHOT.

Si tout autre que toy me tenoit ces paroles
Que ta temerité fait passer pour friuoles,
Que ie serois seuere à punir ce defaut:
Oblige donc ma flame en parlant côme il faut:
Pris-tu garde en faisant cet amoureux message
A tous les mouuemens qu'on peut lire au visage?
Et dans ce libre accés remarquas-tu soudain

Si son ame cachoit l'amour ou le dédain?

SANCHO.

Ie la treuuay ioyeuse & faisant bonne mine
Assise mollement sur vn sac de farine,
Elle me dit, Sancho, cet illustre Seigneur
Sans l'auoir merité me fait beaucoup d'honneur;
Si ma mere eust voulu ie serois mariée
A nostre grand valet qui l'en auoit priée:
Mais i'aime dauantage vn guerrier si parfait,
Rien ne peut égaler la faueur qu'il me fait,
Et puisque ie sçay bien les discours qu'il employe
Il faut rompre sa lettre afin qu'on ne la voye,
Il me parle d'amour.

D. QVICHOT.

O celestes accors
Des graces de l'esprit aux merueilles du corps.
Acheue ie te prie.

SANCHO.

Il suffit, poursuit-elle,
De sçauoir que ton maistre a l'intention telle,
Si ie puis rencontrer le valet du Curé
Ie luy feray response, il en est asseuré;
Et si tu le renois souuien-toy de luy dire

Qu'il ne m'eſcriue plus, que ie ne ſçay pas lire,
Apres tout, me voyant du chemin trauaillé
Elle me fit diſner d'vn peu de laiſt caillé,
Me diſât, Ce n'eſt pas pour te faire grâd chere,
Nous n'auôs point de vin, & la viâde eſt chere.

D. QVICHOT.

Tu ne luy dis donc pas en quelle extremité
Ie viuois dans l'horreur de ce bois eſcarté,
Et poſſible aujourd'huy ce ſoleil que i'adore　[re.
Ne verſe point de pleurs des tourmês qu'il igno-

SANCHO.

I'oublioìs à le dire, elle en rit mille fois
Pendât qu'elle mâgeoit du fromage et des noix.

D. QVICHOT.

Ha! cruelle maiſtreſſe, apres tant de ſeruices
Vous vo² moquez encor de mes cruels ſupplices.
Mais quel autre accidêt s'adreſſe encor à nous?

SCENE II.

LE BARBIER. DOROTEE en Infante.
LE LICENT. & CARDENIO desguisez.

LE BARBIER.

VOila ce grand guerrier, Madame auan-
cez vous.

DOROTEE.

Braue restaurateur de la milice errante,
Qui redonnes la vie à sa gloire mourante,
Appuy des affligez, effroy des orgueilleux,
Qui remplu l'vniuers de tes faits merueilleux,
Tu vois à tes genoux vne Infante exilée
Que tous les traits du sort ont rendu desolée,
Vne pauure orpheline, vn objet du malheur,
Qui vient du bout du mõde implorer ta valeur.

D. QVICHOT.

Leuez vous hardimét, Princesse incomparable,
Quelque ennuy qui vous blesse il n'est pas incu-
rable,
Bien que ma passion eust promis à l'amour
De ne quitter iamais ce funeste sejour,

G iiij

Puifque voftre infortune appelle ailleurs mes ar-
Ie confacre ma vie au fujet de vos larmes: [mes,
Allôs où vous voudrez, que la terre & les eaux
Dônent de la matiere à mes exploits nouueaux,
Vous verrez mon courage aussi prompt que ma

　　　　LE BARBIER.　　[bouche,

O refponfe agreable au foucy qui nous touche!

　　　　D. QVICHOT.

Dites moy feulement d'où procedent vos maux,
Cela n'eft qu'vn effet de mes moindres trauaux.

　　　　DOROTEE.

Apres tât de faueur que cent fois ie t'embraffe,
Guerrier plus redouté que le Dieu de la Trace,
Mais faut-il maintenât réueiller mes douleurs,
Et peindre mes tourmês des premieres couleurs?

Elle feint Que ne puis-ie mourir en ouurant ma bleffure,
de pleu- Quoy que l'efpoir me flate & que ta voix m'af-
rer.
　　　　CARDENIO.　　　[fure,

La fourbe ingenieufe à ce commencement
Reüffira fans doute à leur contentement.

　　　　LE LICENTIE'.

Comme vous ie la treuue heureufement côceuê,
Et croy que nos defirs en auront bonne iffuê,

DOROTEE.

Mon pere estant reduit à la fin de ses iours
D'vne mourante voix me tint vn tel discours:
Ma fille, me dit-il, tu vois que la nature
Me presse d'acheuer ma derniere auanture,
Ie ne puis euiter la rigueur du destin,
A qui mon sort royal doit seruir de butin,
Tu ne deuois pas naistre, ou ie deuois plus viure,
Pour empescher encor le malheur de se suiure:
Car si tost que mon ame aura quitté ce corps
Pour retreuuer ta mere en la plaine des morts,
Vn dangereux voisin de ces fertiles riues
Declarera la guerre à tes troupes oysiues,
Vn infame Corsaire auorté des enfers
Fera tous ses efforts pour te mettre en ses fers,
Forcera tes citez, & sa main carnassiere
Du sang de tes subiets rougira la poussiere:
N'attend point la fureur d'vn tyran dàgereux
Dont le premier assaut est tousiours rigoureux:
Ton salut doit venir d'vn guerrier de l'Espagne
Que le Ciel fauorise & la gloire accompagne,
Tu le rencontreras dans le triste sejour
D'vn desert effroyable où l'a reduit l'amour,

Implore sa faueur, il est le seul Alcide
Qui te peut deliurer de ce Monstre homicide,
Et te rendre à la fin d'vn combat glorieux
Le Sceptre possedé de tes braues ayeux.
Adieu, ne doute point de ces succés tragiques,
Ie te dis le rapport de mes liures magiques.
Là dessus son esprit s'enuola plus content
De m'auoir enseigné ce qui m'importe tant.

D. QVICHOT.

Et bien treuuastes-vous l'effet de son augure?

DOROTEE.

C'est l'ombre de mon mal que ma voix te figure,
A peine ce bon Prince auoit fermé les yeux,
Que ce traistre élancé cöme vn foudre des Cieux
A mon foible destin se rendit effroyable,
Et fit de mes subiets vn carnage incroyable.

D. QVICHOT.

Ha! que ne suis-ie là pour luy donner la mort,
Necessaire vengeur d'vn si sensible tort:
Et pourquoy maintenant quelque Vrgande in-
    connuë
Ne vient-elle vn moment me porter dans la nuë,
Pour aller tout d'vn coup estouffer ce volleur,

Et par son chastiment signaler ma valeur?

LE BARBIER.

Conduisez l'entreprise à sa gloire supreme,
Et le prix du trauail est vn beau diademe.

SANCHO.

Voicy quelques Comtez assurément pour moy
Qui recompenseront mon seruice & ma foy,
Allez viste, mon maistre, accomplir ce voyage,
Il est icy besoin d'vn genereux courage.

D. QVICHOT.

Comme si ma valeur vouloit des éguillons,
Quand mesme il luy faudroit forcer cent ba-
    taillons:
Non non, ne doute point que sa teste couppée
Ne doiue vn iour paraistre au bout de cette épée.
Allons, Madame, allons auancer son trépas,
Vous ne deuez rien craindre en marchant sur
                                    [mes pas.

DOROTEE.

Venez, braue guerrier, augméter vostre gloire,
Et moissonner les fruits d'vné heureuse victoire.

SANCHO:

Madame, apres la mort de ce tyran malin,
Puisque Amadis vous sert obligez Gandalin,

Ie me contenteray toufiours de l'Ifle ferme.

DOROTEE.   [terme.

C'eſt lors que mes malheurs auront treuué leur

D. QVICHOT.

Groſſier ne vois-tu pas dans vn meſme bonheur
Qu'on treuue egalement la fortune & l'hōneur?

Il entre Entrons dans ce chaſteau.
dans vne
taverne.   CARDENIO.

                    Voyez qu'il eſt facile
De tenir dans l'erreur cet eſprit imbecile.

DOROTEE.

Le pauure extrauagant.

                CARDENIO.

                Ce n'eſt pas encor tout,
Il faut fauoriſer ce deſſein iuſqu'au bout.

SCENE III.

FERNANT. LVSCINDE.

FERNANT.

Ils ſe
prochent
de la mer Maintenant que le iour nous montre vne
metauer   retraitte
ne où eſt Pour ſoulager l'ennuy d'vne ſi longue traitte,

Ne craignez plus, Luscinde, & voyez ces vo-
  leurs
Dont l'effort innocent a causé vos douleurs:
Admirez le pouuoir d'vne amitié si sainte
Que tât de froids mépris n'ont pas encor éteinte.

entré D.
Quichot
& sa cô-
pagnie.
Ils se des-
masquét.

LVSCINDE.

O Dieux! quelle surprise, à quel point malheu-
  reux
Me reduit le destin si long temps rigoureux.
Pauure Luscinde, helas! quel objet plus funeste
Te pouuoit susciter l'inimitié celeste?
Que voulez-voº de moy rauisseurs inhismains?

FERNANT.

Que vostre affection succede à vos dédairs,
Et que vous octroyez à mon impatience
Le repos & le fruit d'vne heureuse alliance.

LVSCINDE.

Cruel, ne venez plus augmenter mon tourment,
Accordez moy la mort, ou bien l'éloignement.

FERNANT.

Luscinde, osez-vous bië de tât d'appas pourueuë
Conseiller à mes yeux de quitter vostre veuë?
Croyez-vous que ie puisse oublier vostre amour,

Et preferer la nuit aux delices du iour?
Vostre aimable beauté rend mon desir auare
De la possession d'vne chose si rare,
Et quand i'aurois perdu le celeste flambeau,
Ie ne veux que l'objet d'vn visage si beau.

LVSCINDE.

Vous ne pouuez auoir ce qu'vn autre merite,
Vostre fidelité dauantage m'irrite,
Et puisque ce refus peut dependre de moy
Ie manqueray de vie aussi tost que de foy.

FERNANT.

Ne respectez-vous point vn saint nœu qui nous
lie,
Où toute autre amitié doit estre enseuelie,
Où vous deuez quitter ces soucis criminels,
Et reglez vos souhaits aux desirs paternels?

LVSCINDE.

Quelles loix peuuent-ils ordonner à ma flame,
Puisqu'vn premier amour assubiettit mon ame?

FERNANT.

Cela peut-il m'oster le pouuoir d'vn espoux
Que i'ay publiquement obtenu dessus vous?

LVSCINDE.

Vn autre adeuant vous ma franchise asseruie,
Que ie ne puis quitter sans perdre aussi la vie.

FERNANT.

Qu'est-ce que vous deuez à son affection
Qui ne me soit acquis par vostre election?

LVSCINDE.

Mon ame ayant tousiours desauoüé ma bouche,
Ce mouuemét forcé n'a-ȝil rien qui vous touche

FERNANT.

Que la crainte ou l'amour soient autheurs de ce
bien,
Puisque ie le possede il sera tousiours mien.

LVSCINDE.

Ha! respect inhumain qui causas mon supplice,
Et fis de mon malheur ma foiblesse complice,
Fidele Cardenie, helas! si tu pouuois
Ouyr encor vn coup les accens de ma voix.

SCENE IV.

CARD. DOROTEE. LVSCINDE.
FERN. D. FELIX. D. GVSMAN.

CARDENIO.

Die tor-
ment de la
Foncene.

O Dieux! qu'ay-ie entendu.

　　　　FERN. Tout le malheur ce semble
Qui pouuoit m'arriuer à cette fois s'assemble.

DOROTEE.

O merueille incroyable!

CARDENIO.

　　　　　　O bonheur nompareil!
M'est-il encor permis de reuoir mon soleil?
Est-ce toy ma Luscinde?

LVSCINDE.

　　　　　　　Est-ce toy Cardenio?

CARDENIO.

O rencontre agreable!

LVSCINDE.

　　　　　　O douceur infinie!

CARDENIO.

Que ie baise cent fois cette bouche & ces yeux.

　　　　　　　　　　Ie n'ay

LVSCINDE.

Ie n'ay plus te voyāt de quoy blasmer les Cieux.

CARDENIO.

Que mes sens sōt rauis d'vn doux trāsport de ioye
Dans la felicité que le Ciel nous enuoye.

LVSCINDE.

Le sort seroit cruel qui nous a separez
S'il n'auoit à tous deux ces plaisirs preparez.

CARDENIO.

Beaux yeux dont i'accusois les douceurs innocentes,
Que ie treuue aujourd'huy vos merueilles puis-

LVSCINDE.   [santes.

Que mon ame a souffert en ton éloignement,
Et que tout autre objet m'a touché vainement.

FERNANT.

Et moy, ie me tairay pendant qu'ils s'entre-
tiennent!
Retirez vous d'icy, ces faueurs m'appartiēnent,
Suffit que mon silence a si long temps permis
L'insolente chaleur de vos feux ennemis.

CARDENIO.

C'est vous qui meritez vn si iuste reproche,

H

Indigne seulement de venir à l'approche.

FERNANT.

Puisque vostre deuoir n'y veut pas consentir,
Asseurez vous icy d'vn soudain repentir.

CARDENIO.

Vostre fraude est à craindre, & non pas vostre
*   espée,*
Tyran de mon amour si laschement trompée.

FERNANT.

Mon courage a tousiours garenty mes discours,
Voicy pour estouffer l'espoir de vos amours.

CARDENIO.

C'est ce que ie demande.

LVSCINDE.

*   Ha! que voulez-vous faire?*

CARDENIO.

Tirer nostre repos d'vn malheur necessaire.

FERNANT.

Ie t'empescheray bien d'en venir à ce point.

DOROTEE.

Permettez que ie meure, et ne vo⁹ battez point.

D. FELIX.

Quittez cette fureur dont vostre ame est blessée.

D. GVSMAN.

Quoy! ne songez-vous plus à l'amitié passée?

FERNANT.

Non non, il faut passer à ce dernier effort.

DOROTEE.

Commencez donc premier à me donner la mort,
Ou bien considerez quelle iniuste licence
Vous fait tyranniser l'amour & l'innocence.
Cõment, vous me fuyez, et tous vos feux esteins
Rendent par ce mépris mes supplices certains:
Voyez si de mes yeux l'innocente lumiere
Conserue son pouuoir & sa grace premiere,
Et si le mesme objet qui vous toucha le cœur
Exerce encor icy son empire vainqueur,
Est-ce là le loyer d'vne amitié fidelle
Que me rend la froideur de vostre ame cruelle?

FERNANT.

Puisque l'affection engage ailleurs ma foy,
Qu'est-ce que vous deuez attẽdre encor de moy?

DOROTEE.

Que ie puis, inhumain, esperer de mes peines,
N'auez-vous donc donné que des promesses
   vaines?

H ij

Ha! Fernant, regardez ma constante amitié,
Laschez vn dernier trait d'amour & de pitié,
Consultez ces deserts où i'estois retirée
De la peine que i'ay si long temps endurée;
Venez auecque moy demander aux Zephirs
Si leur souffle est egal à l'air de mes soupirs;
Rallumez de mes feux vostre premiere braise,
Et ne differez plus vn discours qui m'appaise.

FERNANT.

Deux extremes puissans, l'amour & le deuoir,
Agitent mes esprits d'vn contraire pouuoir,
L'vn peut facilement excuser mon offence,
Mais puis-ie contre l'autre auoir quelque de-
fence?
O Dieux! que l'innocēce est forte en la douleur,
Que ie me sens coupable en voyāt son malheur.

Les ar-
mes luy
tombent
des
mains.

D. FELIX.

Estrange changement, ses mains quittent les ar-
mes
Aussi tost que ses yeux ont fait tōber des larmes.

FERNANT.

A la fin vous verrez la raison triompher,
Vn petit feu restoit que ie viens d'estouffer,

Beauté, digne sujet de ma premiere flame,
Ne vous souuenez plus des froideurs de mõ ame,
Ces-baisers, ces plaisirs, differez si long temps
Punissent bien l'erreur de mes feux inconstans;
Luscinde, ie le veux, possedez Cardenie,
Il faut que vostre amour soit ainsi reunie.

LVSCINDE.

O loüables discours d'vn esprit genereux!

DOROTEE.

Que vous rendez d'vn mot tous nos destins heu-

CARDENIO.   [reux!

Apres cette faueur ie perdrois mille vies,
Et les croirois pour vous heureusement rauies.

FERNANT.

Ie ne veux que ce point, aimez-moy seulement,
Et cherissez tousiours Luscinde egalement,
Puisque i'ay trauersé vostre amour legitime
Vn seruice eternel reparera mon crime.

CARDENIO.

Laissons le souuenir des outrages passez,
Ie treuue que mes maux sont bien recompensez.
Luscinde, en fin le Ciel s'est rendu fauorable
Au legitime espoir d'vne amitié durable.

LVSCINDE.

Quy, pourueu que ceux-là qui di∫po∫ent de nous
Nous mon∫trent de∫ormais vn vi∫age plus doux.

FERNANT.

Remette*Z* ∫eulement ce ∫oin à ma conduitte,
I'e∫pere d'adoucir leur contraire pour∫uitte,
Et pour recompen∫er vos amours trauer∫e*Z*
Di∫po∫er à la paix leurs e∫prits offence*Z*.
Retournons à la ville.

CARDENIO.

Allons, ∫ous vos au∫pices
Nous treuuerõs les Dieux et les hõmes propices.

DOROTEE.

I'e∫timerois au∫si nos plai∫irs imparfaits
Si nous e∫tiõs heureux ∫ans vous voir ∫atisfaits.

SANCHO à DOROTEE.

Quoy, vous n'e∫tes dõc plus cette Infante exilée
Que l'effort d'vn tyran rendoit ∫i de∫olée:
Mi∫erable Sancho, que ton e∫poir e∫t faux,
Où ∫ont tant de Duche*Z* promis à tes trauaux?

FERNANT.

Que veut ce Caualier auec ces vaines plaintes?

DOROTEE.

C'est vn pauure idiot abusé de nos feintes,
Qui sert le plus plaisant de tous les amoureux,
Que nous auons tiré d'vn sejour rigoureux.

FERNANT.

Ie connay maintenant le valet & le maistre,
Hier leur folle erreur se fit assez paraistre
En ces prochains deserts.

DOROTEE.

Escoutez seulement
Comme ie flatteray son foible iugement.
Sancho, ne croyez point mes promesses friuoles,
Vn effet asseuré suit tousiours mes paroles,
Si tost que ie seray remise en mes pays.
Mais quel estrange bruit tient mes sens esbahis?

SCENE DERNIERE.

D. QVICHOT.   DOROTEE.
LE BARBIER.   SANCHO.
LE LICENTIE'.

D. QVICHOT.

Il fort de
la tauer-
ne.

EN fin ie fuis vainqueur, le traiftre a rendu
 l'ame
Sous le dernier effort de ma fanglante lame,
Il quitte la lumiere, & va dire là bas
Ce que peut mon courage au milieu des combas,
Que fon premier abord rendra Pluton timide,
Les Manes eftonnez le croiront vn Alcide;
Et lors que ce guerrier viendra pour paffer l'eau
Caron ne l'oferoit attendre en fon batteau:
Vn autre Rodomont deuale en ces lieux fombres
Qui voudra s'emparer du Royaume des ombres
Et porter aux enfers l'outrage & le mépris
A la barbe de ceux qui iugent les efprits.
Ne craignez plus, Madame, vn tyran redou-
 table

Qui faiſoit tout ployer ſous ſa force indõtable;
I'ay vaincu ſon orgueil, ce bras l'a terraſſé,
Ce fer rougit encor du ſang qu'il a verſé,
Et ſon corps effroyable eſtendu ſur la terre
Semble vn cheſne abbatu par l'effort du tõnerre.

DOROTEE.

O Dieux! eſt il poſſible? aueℤ vous ſurmonté
Ce barbare inhumain, ce corſaire indomté?

D. QVICHOT.

Il n'en faut plus douter.

LE LICENTIE'.

Il eſt vray, belle Infante,
Que vous deueℤ loüer ſa valeur triomphante.

LE BARBIER.

I'ay veu ſortir ſon ame à gros boüillons de ſang
Qu'vn effort genereux a tiré de ſon flanc.

SANCHO.

Que vous me faites rire, ô le plaiſant menſonge,
Ie meure s'il ne faut que ce ſoit quelque ſonge,
L'apparence autrement d'auoir fait tout cecy,
Sans auoir veu perſonne, & ſans bouger d'icy?

D. QVICHOT.

Quoy! de tãt de mortels preſens à ces merueilles

Toy seul es demeuré sans yeux et sans oreilles;
J'ay contre ce geant si long temps chamaillé,
Et le bruit de mes coups ne t'a point éueillé,
Pendant que le desir d'vne heureuse conqueste
Exerçoit ma valeur aux despens de sa teste:
Viens voir combien de sang.

                    SANCHO.

                        Vous verrez à la fin
Que ce sang épanché sort d'vn tonneau de vin.

                D. QVICHOT.

Ha! le plus imposteur des escuyers qui viuent,
Indigne du soleil & des biens qui le suiuent:
Resou toy de quitter tous ces faux sentimens,
Ou bien ton insolence aura des chastimens.

                DOROTEE.

C'est assez, grand guerrier, nous croyons sa dé-
    faite,
Rendez nous seulement la victoire parfaite,
Car ce n'est pas assez qu'vn effort courageux
Ait mis dans le tombeau ce corsaire outrageux,
Quelque seditieux peut encor entreprendre
De r'allumer ce feu qui perit sous sa cendre;
Venez donc estouffer en genereux lyon,

La derniere fureur de la rebellion;
Asseurez ma Couronne.

D. QVICHOT.

Allons braue Princesse,
Ie vous rendray par tout absolument maistresse.

DOROTEE.

Vous voyez quelques-vns de mes meilleurs sub-
Capables de seruir à vos iustes projets.   [iets

D. QVICHOT.

Braues auanturiers, nourrissons de la guerre,
Dont la force est connuë aux deux bouts de la
   terre,
Venez auecque moy moissonner des lauriers,
Et partager l'honneur de mes gestes guerriers.

CARDENIO.

Genereux Cheualier nourry dans les allarmes,
Nous ne redoutons rien sous l'appuy de vos ar-

D. QVICHOT.   [mes.

Allons donc vistement accomplir ce dessein
Qu'vne louable ardeur vous a mis dans le sein;
Menez-nous, grande Reyne, où l'honneur nous
   appelle,
Bastir les fondemens d'vne paix eternelle.

SANCHO demeurant seul.

Qu'on ne m'en parle plus, ie connay clairement
Que tout cet appareil est vn déguisement:
Mais si ie suis iamais en mon petit mesnage,
Si ie puis vne fois retrouuer mon village,
On m'osteroit les yeux, on pourroit m'escorcher
Pour me faire quitter l'ombre de son clocher:
Au diable soit le maistre & sa Cheualerie,
Ce penible mestier vient de sa resuerie,
I'ay tout quitté pour luy, mes enfãs, ma maison,
I'ay souffert mille maux, i'ay perdu mon grison:
O Dieux! que ie connay mon esperance vaine,
Que i'ay mal employé ma ieunesse & ma peine.

FIN.

AVTRES
ŒVVRES
POËTIQVES
DV SIEVR
PICHOV.

A PARIS,

Chez FRANÇ. TARGA, au premier
pilier de la grand' Salle du Palais,
deuant les Confultations.

M. DC. XXIX.

Auec Priuilege du Roy.

STANCES
A MONSEIGNEVR
LE CARDINAL
DE RICHELIEV.

RAre merueille de nos iours,
Digne objet des meilleurs discours
Qui flattent la vertu d'vn respect legitime,
Tutelaire Demon du destin des François,
Quelle loüange peut augmenter ton estime,
Et redoubler icy les vœux que tu reçois?

Le Ciel a finy nos dangers
Dans la honte des estrangers,
Leur effort a seruy de matiere à ta gloire,
Et la Rebellion mise en ses premiers fers
Abandonne la terre apres cette victoire,
Et n'espere iamais de sortir des enfers.

Elle a veu que les Elemens
Respectoient tes saints mouuemens,
Que la flame a cent fois destourné son outrage,
Et que pour t'assurer d'vn succés si douteux
Tous les vêts auoiët peur d'offencer tõ ouurage,
Et que mesme les flots prenoiët vn frein hõteux.

Elle accuse encor les destins
De la perte de ces mutins,
Dont la temerité conseruoit son empire,
Et regarde en fureur ses orgueilleux rempars
Tomber sous les conseils que ta prudëce inspire,
Apres auoir braué tous les foudres de Mars.

Maintenant leur front abbaißé
Se cache des bords du foßé,
La hauteur de ses tours est égale à la terre,
Et ce peuple a l'objet de ses murs démolis   [re,
Qu'il croïoit estre exëts des malheurs de la guer-
Ne voit qu'en sorpirant le pouuoir de nos Lys.
                                        Toute

Toute la puiſſance du Nort
N'a peu retarder cet effort,
Et lors qu'il a voulu ſecourir ſa fortune,
Le ſuperbe appareil de ſes vaiſſeaux guerriers
Qui portoient la frayeur iuſqu'au ſein de Nep-
Eſt venu ſeulemẽt augmẽter tes lauriers. [tune,

Vn funeſte reſſouuenir
Le vient touſiours entretenir
Depuis que ſon armée eſprouua noſtre audace,
Et que loing du ſuccés qu'elle auoit eſperé
Vne premiere ardeur luy fit quitter la place,
Et rougit de ſon ſang les riuages de Ré.

Grand PRELAT, ces exploits heureux
Viennent de tes ſoins genereux,
Nous deuons ce bonheur à ta ſage conduitte,
Et le ſort qui n'oſoit trauerſer tes deſirs
Voyant tant de iuſtice en leur ſainſte pourſuitte
Comble tes iours de gloire & nos cœurs de plai-
ſirs.

I

Ce sont là les fruits nompareils
De tes iudicieux Conseils,
Dont l'accomplissement establit nos delices:
Enfin ils ont rendu tous nos esprits contens,
Par eux la perfidie a treuué des supplices,
Et la perseuerance a triomphé du temps.

Iamais vn tel esclat d'honneur
N'a ioint le merite au bonheur,
Ny meslé la prudence à l'ardeur du courage;
Et iamais la valeur n'eut vn semblable prix
Depuis que la discorde a suscité l'orage,
Et qu'vn desir de gloire a touché les esprits.

Aussi quel iugement plus fort
Nous pouuoit asseurer du port,
Et promettre vne fin à l'espoir de nos armes?
Quel Alcide a iamais mieux tenté les combas?
Et qui ne paliroit dans l'effroy des allarmes
Où ton cœur inuincible a treuué des esbas?

Mais tant d'autres perfections
Esclattent dans tes actions,
Que mõ esprit cõfus s'esgare en leurs merueilles,
Et que mon iugement est contraint d'auoüer
Que voulant satisfaire au soucy de mes veilles
Il cognoit sa foiblesse, & n'er'ose loüer.

I ij

STANCES
SVR LA GVERISON
DV ROY, ET DESCENTE
des Anglois en l'Isle de Ré
pendant sa maladie,
en l'an 1627.

N fin nos desirs sont vainqueurs,
Le Ciel a pitié de nos plaintes,
Et l'allegresse de nos cœurs
Succede à l'excés de nos craintes,
Ce grand Roy si cher à nos yeux,
Dont les exploits victorieux
Estonnent desia la memoire,
Hors des atteintes du malheur
Dissipe à l'esclat de sa gloire
Les ombres de nostre douleur.

Son mal a perdu sa vigueur,
Et voit ses fureurs condamnées
A n'exercer plus de rigueur
Sur ses innocentes années:
Nous respirons vn air plus doux,
Le destin n'a plus de courroux,
Personne aujourd'huy ne soupire,
Tout ce nuage est escarté,
Et ce Soleil en son Empire
Reprend sa premiere clarté.

Ce bien nous touche tellement
Aux moindres faueurs qu'il enuoye,
Qu'il fait viure insensiblement
Ou souffrir vn excés de ioye:
Auant ce succés desiré
Que nos vœux auoient esperé
Nos cœurs partageoient cet outrage,
Et d'vn necessaire rapport
Nous estions tout parmy l'orage
Puis qu'il n'estoit pas dans le port.

I iij

Mais le fort eſt amy des Lys,
Touſiours ſon pouuoir fauorable
Fait que nos maux enſeuelis
Treuuent vn ſuccés deſirable,
Et le Ciel cherit tant nos Roys
Depuis que l'honneur de leurs loix
Maintient nos premieres conqueſtes,
Que quoy qui nous puiſſe outrager,
Il n'a point permis de tempeſtes
Sans nous aſſeurer du danger.

'Auſsi douze ſiecles paſſez
Ont veu triompher leur vaillance
Aux deſſeins qu'ils ont embraſſez
Pour reprimer la violence,
Les ennemis les plus puiſſans
Ainſi que des flots languiſſans
De qui la fureur ſe conſume,
Foibles aux pieds de ce rocher
N'ont rien ietté qu'vn peu d'eſcume
Lors qu'ils ont oſé l'approcher.

Toutesfois ce peuple du Nort
A qui l'imperieux Neptune
Semble auoir limité le bort
Qui doit arrester sa fortune,
Foulant le respect de ses eaux
Destine ses efforts no[u]ueaux
Contre le repos de nos armes,
Il s'accorde auec le malheur,
Et dresse au milieu de nos larmes
Vne embusche à nostre valeur.

Mais que mille peuples diuers
Vnissans leurs forces contraires
Facent liguer tout l'vniuers
En faueur de nos aduersaires,
Que les astres sollicitez
De trahir nos felicitez
Conspirent à nostre ruine,
Puisque le Roy se porte bien
A quoy que leur rigueur s'obstine
Nous croyons qu'ils ne peuuent rien.

I iiij

C'eſt dans ce bonheur nompareil
Que noſtre commune eſperance
Au doux aſpect de ce Soleil
Conçoit vne entiere aſſurance,
Que le pouuoir des eſtrangers
Au lieu d'augmenter nos dangers
Nous vient apporter des victoires,
Et que nous verrons les Anglois
Signaler encor nos hiſtoires
De leurs infortunez explois.

STANCES
SVR LA MORT
DE TEOPHILE,
en l'an 1626.

Sprits dont i'admire les vers,
Et qui conseruez vostre gloire
Dans l'estime de l'vniuers
Et le respect de la memoire,
C'est à ce rigoureux trespas
Que vos escrits ne peuuent pas
Nier la douceur de leurs charmes,
Et qu'vne eternelle douleur
Doit consacrer toutes vos larmes
A ce deplorable malheur.

Auec de si iustes desirs
Quelque respectueux silence
Qui conseille à vos desplaisirs
De celer à leur violence,
Suiuez des transports plus puissans,
Et forcez vos timides sens
A ces naturelles saillies,
Dont les viues impressions
Ne demeurent enseuelies
Qu'au recit de nos passions.

Ainsi vos esprits affligez
Apres cette iniure soufferte
Se verront en fin allegez
Dans le regret de cette perte,
La douleur permet cet excés,
Et de ses genereux accés
Bannit ces tristesses cachées,
Dont les foibles ressentimens
Ne monstrent les ames touchées
Que de ses plus froids mouuemens.

Les Muses en ce mal recent
Tesmoignent l'ennuy qui les trouble,
Et frappent d'vn funeste accent
L'Echo de leur Montagne double,
La Memoire en porte le dueil,
Honteuse qu'vn foible cercueil
Retient sa lumiere estouffée,
Et Phœbus tout noyé de pleurs
Confesse que la mort d'Orfée
Luy donna de moindres douleurs.

Aussi depuis que ce ruisseau
Qui coule en faueur de nos ames
Parmy la froideur de son eau
Inspire l'ardeur de ses flames,
Et que nos iugemens ouuers
Au charmant caprice des vers
Suiuent les transpors qu'il eslance,
Et brauent la commune erreur
Qui les donne à la violence
De quelque importune fureur.

Ces plus sensibles ornemens
D'vne occupation si sainte
N'ont paru qu'aux seuls mouuemens
De ce rare objet de ma plainte;
Et tant de miracles descris
Dans la beauté de ses escris
Y touchent l'esprit & l'oreille,
Que la voix des diuines Sœurs
N'a point de volupté pareille
A ses agreables douceurs.

Sa ryme a de diuins attraits
Dont la connoissance rauie
N'admire les visibles traits
Que dans le mespris de l'enuie,
Si celuy dont la belle voix
Animoit les rocs & les bois
Eust eu ces agreables charmes,
Le destin touché de pitié
Eust donné deux fois à ses larmes
Le cher retour de sa moitié.

Les autres n'ont rien de pareil,
Et comme des nuages sombres
A l'approche de ce soleil
*Ils cachent leurs timides ombres;
Ceux dont les espris glorieux
Dessus le temps victorieux
Ont des loüanges infinies
Admis à la comparaison
N'ont que des lumieres ternies
Et qu'vn foible esclat de raison.

Merueilles des siecles passez
Qui malgré les ans & les Parques
Conseruez vos renoms tracez
Au front de tant d'illustres marques,
Confessez que vous n'auez pas
De si delitieux appas
Que ceux qui sortent de sa veine,
Et qu'esgaiez à son sçauoir
Vous n'auez qu'vne force humaine
Auprés d'vn celeste pouuoir.

Accordez à la verité,
Forcez d'vn respect legitime,
Sans blasmer ma temerité,
Et sans enuier son estime,
Que ce rare honneur des esprits
Remporte vn fauorable prix
Dessus la gloire de vos plumes,
Et que tant d'attraits esclattans
En vos iudicieux volumes
Ne passent les siens que du temps.

Mais le sort a d'estranges loix,
Toutes ces merueilles esteintes
Perdent la lumiere & la voix
Sous ses rigoureuses atteintes,
Quelque Astre qui guide nos iours
Il ne peut nous donner secours,
C'est vn mal qui suit la naissance,
Et cette aueugle deité
N'espargne sa noire puissance
Que sur ceux qui n'ont point esté.

Esclaue de cette rigueur
Dont la violence nous tuë,
Et desrobe vn peu de vigueur
A nostre foiblesse abbatue,
En fin en son esclat plus beau
Ce soleil reduit au tombeau
Espreuue vn arrest si seuere
Qui foule nos iustes regrets
Exposant vne ame si chere
A ses imperieux decrets.

C'est ainsi que touchant le bort
Les vaisseaux font souuent naufrage,
Et qu'on en voit mourir au port
Qui s'estoient sauuez de l'orage,
Deux fois son destin combattu
A l'approche de sa vertu
Auoit desarmé l'infamie,
Et tousiours d'vn semblable front
Contre vne poursuitte ennemie
Repoussé l'outrage & l'affront.

Hors de l'effroy d'vne prison,
Où le ſçauoir & l'innocence
Ont fait triompher la raiſon
Du pouuoir de la Meſdiſance,
Il fit voir qu'vn ſuccés heureux
Suit touſiours vn cœur genereux,
Quelque aduerſité qui l'irrite,
Et que d'infideles complots
Ont quelquefois veu le merite
Treuuer des amis dans les flots.

Tout poudreux encor du combat
Il venoit de laiſſer les armes
Qui ne luy ſeruoient que d'eſbat,
Et qui nous arrachoient des larmes,
Que rauy ſoudain à nos yeux
Lors que les mortels & les Dieux
Sembloient conſpirer à ſa gloire,
On l'a veu quitter ce ſejour,
Treuuer ſa mort en la victoire,
Et s'eſteindre en ſon plus beau iour.

Lumiere

Lumiere des Chantres François,
Dont les glorieuses merueilles
Imposent d'eternelles lois
A la vanité de nos veilles,
Esprit dont les charmes puissans
Se font admirer à nos sens,
Et cherir à nostre memoire,
Puis qu'il ne reste à mon desir
Que de consacrer à ta gloire
Les marques de mon desplaisir.

Permets, chere ombre, à mes regrets,
Combien qu'en leur force plus viue
Mes transports paraissent discrets,
Et mon esmotion tardiue,
Que i'offre vn fidele deuoir
Aux louanges de ton sçauoir,
Ainsi qu'aux douleurs de ta perte,
Et que iamais mon iugement
Voyant pour toy ma veine ouuerte
Ne l'abandonne au changement.

K.

Efchauffé de ce feu nouueau
En faueur de tes Poëfies,
Ie iure par ce fainct ruiffeau
Qui prefide à nos frenefies,
Que tes efcrits à l'auenir
Conferuez dans mon fouuenir
Seront chers à ma deftinée,
Et que mes defirs innocens
Dedans l'erreur d'vn Athenée
Feront auoüer mes encens.

STANCES
A BOIRE.

Y de l'amour *&* du tripot,
Ie chery le verre *&* le pot,
Et ſuy les plaiſirs de bien boire:
Ces douceurs qui charment mes ſens
Ne me font eſtimer la gloire
Que dans ces combats innocens.

Mondieu qu'vn repas limité
Dans l'eſtraitte captiuité
De l'auarice *&* du ſilence,
M'eſt vne importune priſon,
Et que ie hay la violence
Qui me retient en ma maiſon.

K ij

Mais que tous ces verres remplis
Rendent mes desirs accomplis:
Ca que chacun gouste ces charmes,
Et que d'vn courage arresté
Il porte l'honneur de ses armes
Contre le fort de ce pasté.

Sus sus buuons de ce bon vin
Pendant que les peuples du Rhin
S'amusent à faire la guerre,
Laissons les noyer dans le sang,
Et puis qu'ils ont quitté le verre
Taschons d'auoir le premier rang.

A vous insensibles buueurs,
Si vous mesprisez nos faueurs,
Et reiettez cette ambrosie,
Puissiez-vous, coupables esprits,
Receuoir dans l'hydropisie
Le chastiment de vos mespris.

Narcisse mourut dedans l'eau,
Leandre y treuua son tombeau,
Le malheur ne sort point de l'onde,
Ceux qui souffrent icy la mort
Ne voudroient retourner au monde
Que pour auoir vn mesme sort.

Passons donc les iours & les nuits
A chasser ainsi nos ennuis,
Et quoy qu'arriue à nos années,
Qu'on nous treuue vn verre à la main
Noyer la peur des destinées
Et les soucis du lendemain.

SONNET

A MONSIEVR LE DVC
D'HALLVYN, SVR SA MALADIE
lors de la descente des Anglois
en l'Isle de Ré.

PEndãt que cet Empire a la guerre intestine,
Et que pour estouffer sa derniere vigueur
Le pouuoir irrité d'vn Monarque vainqueur
Porte des chastimens à sa rage mutine:

Il semble que le mal dauantage s'obstine
A redoubler sur vous son iniuste langueur,
Lors que vo⁹ l'accusez d'outrage et de rigueur,
D'empescher les exploits que l'hõneur vous de-
stine:

Mais cessez, braue Duc, de blasmer son effort,
Et ne condamnez plus la malice du fort
Qui retient dans le lit vostre audace guerriere.

Vostre pere sçait vaincre et punir des subiets,
Et les bords estrangers ont assez de matiere
Pour donner de la gloire à vos iustes projets.

PLAINTE
DE LORISE
DANS VN DESERT.

Elas! où me reduit le fort,
Que de violentes contraintes
Afin de differer ma mort
Font viure l'excés de mes plaintes
Parmy le changement des lieux.
Tousiours ma constance abbatue
Quelque objet qui touche mes yeux
Nourrit le regret qui me tue.
Importunes rigueurs des maux que ie ressens,
Ne quitterez vo⁹ point mes esprits languissans?

Ie paſſe le iour ſans plaiſir,
Ie treuue en la nuit des ſupplicees,
Et rien ne s'offre à mon deſir
Que le refus de mes delices:
Ie vis comme vn fantoſme vain
Tiré de ſa demeure ſombre,
Ne croyant auoir rien d'humain
Que le ſeul objet de mon ombre,
Et par tous les endroits où le Ciel me conduit
L'eſperance me quitte, & la douleur me ſuit.

Deſerts dont iamais le ſoleil
N'a forcé les ombres ſecretes,
Où le ſilence & le ſommeil
Ont choiſi leurs noires retraittes,
Paiſibles deïteᷓ des bois
Qui voyeᷓ mon inquietude,
Ie ſçay bien que ma triſte voix
Offence voſtre ſolitude: [heurs
Mais lors que mes ſouſpirs vous dirõt mes mal-
Voſtre reſſentiment permettra mes douleurs.

                                        Nymphe

Nymphe qui cheris ce sejour,
Echo que ma plainte importune,
Autresfois vn mespris d'amour
Te donna la mesme fortune,
Mesle tes regrets à mes cris,
Redouble ma plaintiue haleine,
Tu verras tes tourmens descris
Dedans le discours de ma peine:
Et si la seule voix reste à tes longs ennuis,
Ie n'ay que des soûspirs en l'estat où ie suis.

Beaux arbres si chers aux oyseaux,
Qui conseruez sous vos ombrages
La fraische humidité des eaux,
Et le doux esmail des riuages,
Ne craignez plus que l'œil du iour
Perce l'agreable defence
Que vos rameaux font à l'entour
Lors que sa chaleur les offence:
Mes yeux d'oresnauant auront assez de pleurs
Pour sauuer de ses rais les ruisseaux & les
       fleurs.   L

'Aussi le destin me poursuit
Auec des rigueurs si seueres,
Que son pouuoir ne me conduit
Que sous l'astre de ses miseres:
Vne ingrate a trahy mes feux,
Vn perfide amant m'a laissée,
Le Ciel s'irrite de mes vœux,
La mesme rigueur m'a blessée:
Et mon seul desespoir me pouuant secourir
N'a point treuue de mort quãd i'ay voulu mou-
[rir.

Cruels autheurs de mes soupirs,
Si dans vostre amoureuse fuitte
Vous pouuez sçauoir des Zephirs
L'estat où ma vie est reduitte,
Et que ma fidele amitié
Prouoque vostre ingratitude
A tesmoigner quelque pitié
Des peines de ma solitude,
Pourrez-vous refuser au recit de mes maux
De loüer mon amour, ou pleurer mes trauaux?

Il est vray que i'aime tousiours,
Combien que ma perseuerance
S'obstine à chercher du secours
Au tombeau de mon esperance:
Ma raison foible en ce transport
Sollicite assez sa lumiere
De me ramener dans le port
De ma tranquillité premiere:
Mais mon esprit saisi d'vn estrange poison
Cherit sa maladie, & fuit sa guerison.

Ce traistre qui força mon cœur
A perdre sa ieune franchise,
Conserue vn empire vainqueur
Qui preside encore à ma prise,
Il me plaist volage ou constant,
Son crime est moindre que ses charmes,
Et mon esprit seroit content
S'il pouuoit encor voir mes larmes.
Destin si tu me fais ce plaisir amoureux,
Ie ne me plaindray plus de tes traits rigoureux.

FIN.